文春文庫

ずばり池波正太郎

里中哲彦

文藝春秋

はじめに

時代小説を読む。

数百年前の人物が暮らしのなかで抱いた喜怒哀楽の情がじわりと迫ってくる。

時代は変わっても、人間は変わらない。そんな感慨につつまれることがあります。すぐれた時代小説は、歴史という衣裳をまとった現代小説です。

現代につうじる主題と感覚をもち、時代に左右されることのない感情の起伏や心情の余韻を歴史という事象のなかにうまく溶け込ませたとき、時代小説は時空を超えて屹立（きつりつ）します。卓越した時代小説は、過去を題材にしながらも現在の一隅を映す〝鏡〟といってもよいかもしれません。

おもしろいもので、わたしたちは鏡のなかの自分と対面するよりも、自分とはまったく異なる人物と向き合うときのほうが、自分自身を冷静に眺めることができます。さらにいうなら、現代社会における自分を見つめる最良の方法は、現実から遠く離れた時代の小説を読むことだという気さえします。

時代小説は、舞台を過去に仮託する形式から大きな恩恵を受けています。現代小説、とりわけ私小説という様式では、ときに「私」自身の語りようが生々しすぎて鼻白んでしまうことがありますが、時代小説という表現形式では「私」を遠くにおくことができるので、作者はそれと気づかれずに自分の胸の裡を丸腰で吐露することができます。時代小説のもつ〝現実離れ〟という特性を利用して、のびのびと思いのたけを語ることができるのです。この点、現代小説は時代小説に嫉妬してもいいのではないでしょうか。

藤沢周平は自身の美意識を現代小説という器に盛るのを「ちょっと照れくさい」と告白し、だからこそ時代小説という形式を利用しているのだという旨を明らかにしています。また、みずからの初期の諸作品に言及して、それらは「時代小説という物語の形を借りた私小説」とまで語っています。

池波正太郎はといえば、一人称で語る私小説なるものは「あまり書きたくはない」と述べ、「自分の素顔を見せて、それが果して他人が読むにたえるものとなり得るだろうか」とつぶやくいっぽう、時代小説においては自分の想念や言動を小説中の人物へ託して表現するのは「ずっと容易なこと」だと明かしています。

いうまでもなく、時代小説には、遠い世界のできごとが描かれています。作品世界に著者の姿を見かけることはありませんが、多くの場合、主人公は作者の分身です。あくまでも虚構の物語といいつつも、書き手の見識や美的感性が無防備といえるほど如実に浮かびあがっています。

　それは英雄豪傑や異才賢者の生涯を描いた史伝小説であってもかわりません。森鷗外の『舞姫』は告白的自伝小説だといわれますが、「歴史そのまま」を標榜して執筆した『渋江抽斎』のほうがむしろ鷗外の〝人生への構え〟が警戒心もなくあらわれています。

　あるいはまた、吉川英治の『宮本武蔵』、司馬遼太郎の『竜馬がゆく』、藤沢周平の『白き瓶』を読んでみましょう。歴史上の人物たちの胸中に、作者自身の心の襞を見ないわけにはいきません。

　坪内逍遥は「小説の主脳（＝中心となるもの）は人情なり」と喝破しましたが、時代小説は作家みずからの理想とする美意識や廉恥心、つまり「教養」を語るのにきわめて有効な手立てとして機能しています。

　ここでいう「教養」とは、手に入れた知識というより、身につけた情理のことです。何を恥ずかしいと思い、何を美しいと感じ、何を大切と考えるか。そうした情理の総体を「教養」と呼んでいます。

　とりわけ、池波正太郎の時代小説では、作者自身が身につけた「教養」があざやかに映じています。正太郎は時代小説という画布に、自身の「教養」を描いていたといってもいいほどです。

　さいわい、正太郎の時代小説は数多くの読者に受け容れられました。それはすなわち、正太郎の「教養」を、あまたの日本人が再生すべき理想として求めたということにほかなりません。

本書では、池波正太郎の教養世界に分け入って、その人間観や世界観について論じてみたいと思っています。うまくご案内できるといいのですが。

著者

ずばり池波正太郎●目次

はじめに　003

第一話

遠い日の幻影　017

帰っていく場所／自伝小説／戻る旅へ／正太郎の生まれたころ
思い出のなかの父／「母親文化」にどっぷり浸かる／母の定法
映画のマナー

第二話

江戸の風韻　049

むかしの東京はこうだったのだよ／大川への思慕／東京散歩へ
幻景（まぼろし）としての江戸／消えゆく情趣／風景のなかの幻影
季節に寄り添う

第三話

師弟の様子　083

長谷川伸という良心／創造の源泉／師弟関係／師弟関係のツボ
遺されたもの／勝手に動きだす登場人物／永遠の長谷川伸

第四話 歴史を見つめる眼 109

鎮魂の歌／小さな叫び声／白でもなく黒でもなく

第五話 善人でもなく悪人でもなく 123

「善」とか「悪」とかいうけれど／あなたは善人か／善と悪を棲まわせている人間

第六話 池波小説は美人に冷たい!? 137

美人のヒロインはどこに／老婆は幸せになる／美女の行く末／不幸になる女たち／幸せをつかむ女／女と男の見立て

第七話 「省略の余韻」と「簡潔の美」 155

余白の充実／説明しない／すべてを言いきらない
「省略話法」の余韻／読者によるイマジネーション
「筆者も知らぬ」とは

第八話 江戸っ子ぶらない 175

ほんとうの「江戸っ子」／ぶらないのが江戸っ子
「粋」と「野暮」／町っ子の心意気

第九話 会話と人物造型 191

小さく刻む／肉声の小説／作者は口をきいてはならない

第十話
不器用な名人　205
職人気質／人間を舐めてかかるな／不器用の段取り
「些事」こそがすべて／「文房清玩」の心

第十一話
「才能」と「意匠」　221
心身は一如である／アランに傾倒／「独創」とは何か
「細工」と「工夫」と「神の助け」／習慣化された段取り

第十二話
命名の達人　241
一葉へのオマージュ／命名の極意／名は体をあらわす
まず名前ありき

第

話
『鬼平犯科帳』の斬新　253
半七、登場／江戸を知らない捕物帳作家たち／季節の風趣
鬼平の誕生秘話／『鬼平』の斬新／役者を見る眼
コスモスとしての〈鬼平犯科帳〉／スタイリッシュな吉右衛門

第

話
「歴史」と「小説」のせめぎ合い　277
「歴史小説」と「時代小説」の違い／英雄小説の衰退と司馬遼太郎
歴史をありのままに伝える吉村昭／虚実のあいだにたゆたっている真実
偉丈夫の西郷どん

第

話
反歴史主義　297
揺れる時代思潮／信用のおけないジャーナリズム
「おだやかな沈黙」と「熟慮断行」／「反歴史主義」という手法

第話 等身大史眼 309
忍者が浮かびあがらせた人間観／英雄のリアリティ
浮かびあがる本性／等身大史眼

物語る年譜 326

あとがき 353

主要参考文献 356

解説 今村翔吾 358

本書は、池波正太郎記念文庫での講座（二〇一一年から二〇二二年にかけて開催された十一回分）と、文庫報に連載したコラム（「池波正太郎の時代」と題して二〇一四年第三十八号から二〇一九年第五十二号まで掲載された十五回分）に加筆してまとめたものです。

ずばり池波正太郎

第

話

遠い日の幻影

帰っていく場所

自分とはどういう存在なのか。

いまの自分をつくったのはいったい何だったのか。

こんなことを考えてばかりいると、ご飯がまずくなりますね。

やめましょう。自分で考えず、ほかの人に考えてもらいましょう。

さいわい、ある先人がヒントを与えてくれています。

大佛次郎（おさらぎじろう）の『赤穂浪士』に次のような一文があります。

「お前のなかに、やはりおれが住んでいたのだな」

父が子にこう洩（も）らすのです。なかなか含蓄のある言葉です。

みなさんは自分の発するくしゃみが父親のそれにそっくりだったり、笑うときの表情が母親に似ていてびっくりすることがありませんか。

私自身のことをいえば、外見が父に、嗜好が母に似ていて、思わず苦笑いすることがあります。自分のなかに両親がいるのではないか。そう思うことがときどきあります。

親という〝他人〟には、自分を知るための〝情報〟がいっぱいつまっている。ひとまずこう考えて、話をすすめていきましょう。

家族や時代状況など、人は自分では選ぶことのできない境遇のなかに生まれ落ちます。その偶然は、人生のかたちを制約し続けるという意味において宿命でもある。わたしたちは多かれ少なかれ、生まれながらにしてそうした宿命を背負っているようです。

人間という生きものが他の動物と違って、誕生から成長にいたるまで長い成育期間を必要とする動物であるかぎり、子を育てる家庭というものが、その子に精神の刻印を与えぬことはありえません。てっとりばやく「自分」というものを知ろうと思ったら、どうやら父母から与えられたものを眺めてみるのがよさそうです。

とりわけ、昭和世代の子どもは、家のなかに自分の場所があり、血縁のなかで同心円的な人間関係を築いておりました。だから、子のほとんどは一族の価値を共有し、いわば父母の相似形のごとく育っていました。

わたしという人間は、まぎれもなく個体です。でも、「個人」といえるかどうか。

自分はなにものにも束縛されない独立不羈の人間であるとうそぶく人がいますが、そうした言いっぷりのなかにしか自分の価値を見いだせない人たちは、あえていわせてもらえば「個人」とはいえないのではないか。必然、気まぐれで自己中心的な人間になららざるをえないのではないか。

独立した個人とは、「関係」のなかでしか立ちあがってこないのです。逆説めいて聞こえるかもしれませんが、自分という存在を父と母の子であるというふうに捉えたとき、つまり連続性のなかで自分を位置づけたとき、はじめて自分という「個人」が意識されるのではないでしょうか。

〝人間〟と書いて「じんかん」と読むことがあります。

ここには、自分はひとりで生きているわけではない、家族や仲間との人倫的な関係において生きている、という考え方が包含されています。まさに「個人」とは人と人とのあいだを生きる存在なのです。

「自分自身を相対的に見る」とは、自分を唯一絶対だとはみなさず、他人と較べながら自分自身を眺めるということですが、間柄を生きる存在としての「人間（じんかん）」という言葉には、自分という存在を関係のなかで位置づけようとする視点があります。

物書きというものは、みずからの生い立ちや育った境遇によって作家的資質を決定していくものですが、池波正太郎もまた、その例外ではありませんでした。ほかの人といくぶん趣が異なるのは、正太郎の場合、「人間」のなかに自己を見いだそうとする意欲がきわめて旺盛だったことです。

正太郎の自己探求の旅は、さかのぼる時間の流れのなかで「自分」の意味を問うことであり、それは自伝を書くことによって始められました。

自伝小説

正太郎は、四十代の半ばに〔青春忘れもの〕という自伝を書いています。人生を回顧するほどの年輪を重ねていませんが、さりとて自分の精神史を語るのにふさわしい年齢は何歳だと決められているわけではありません。

でも、いささか若いですね。大きな挫折もしていませんし、病気らしい病気もしていません。苦難や闘病生活が人間を思慮深くさせたり大きく成長させたりするとはよくいわれることですが、そうした艱難(かんなん)や辛苦(しんく)をまったく経験していない。波瀾万丈もない。

自伝とはかならずしも「わたし」を語るものではないということがこの作品を読むとよくわかります。自伝といいつつも、自分という存在は自分だけで成り立っているものではないということを見事に描ききっています。

めくってみると、父母のこと、友人の井上留吉のこと、吉原〔桜花楼〕のせん子さんのこと、映画や芝居のこと、衣食住のこと、町筋にただよう匂いのこと、戦争前後の風俗などに多くのページが割かれています。子どもから大人になっていく日々があざやかに活写されている様子は、一読三嘆、絵にも描けないおもしろさです。

むろん、思慮深い人ゆえ、自伝にありがちな、ありし日の自分を美化しようとする自己陶酔や自己弁明にも陥ってはいない。自伝につきまといがちな自己執着の臭みもない。
どこを読んでも、さっぱりとしてすがすがしい。
私がはじめてこの名品を読んだのは二十代の後半でした。今回また読み返してみたの
一読、文章をなでさすりたくなるほどに魅了されました。今回また読み返してみたの
ですが、いやあ、いいですねえ、思わず本の表紙をさすってしまいました。幸福な読後
感。自伝文学の成功とは、自分を語ることではなく、他人のいちばんいい表情をとらえ
ることで自分を浮き彫りにするということがよくわかりました。
正太郎をよく知る人たちによると、〝脚色〟もいくつか紛れ込んでいるようですが、
作者は「真実」を浮かびあがらせるためにあえて虚構をまぶすという手法をとったよう
です。
自伝には虚偽がつきものであることがしばしば指摘されますが、他人の目には偽りに
見えようとも、自分にとっては「心の真実」である場合が多い。その意味において、自
伝と小説を明確に区別するのは難しいのですが、自伝的要素を主調とした物語は「自伝
小説」、あるいは「自伝物語」と呼んでさしつかえないのではないでしょうか。

戻る旅へ

正太郎は〔青春忘れもの〕のなかで、自分を取り巻いている「関係」に紙幅をついや

しています。

ゆえに、自分の主張や意見は見あたらない。弁解や憐憫さえもない。ありのままを書いて、結果、自分をうまく相対化している。〝他伝〟の要素が強い自伝になっています。読みすすむうち、ある疑問がわいてきました。

若い正太郎は、なぜ自伝を書いたのか。

このことである。

多くの自伝は、訣別の書です。自伝を書く人の大半は、書くことをつうじて、忌まわしい記憶との関係を絶ちたがっている。つまり、過去を清算するか、もしくは克服しようとしている。

ところが、正太郎の自伝には、訣別したい過去がない。

それどころか、失われた過去を取り戻そうとしている。ベクトルの向きが反対であり、過去の意味がまったく違う。

自分がだれであるかを、「過去」にたずねてみよう。ひょっとすると、過去のなかに自分の将来がひそんでいるかもしれない。そのとき過去は出発点になる。そう思って〝戻る旅〟に出たようです。

『青春忘れもの』はへんなつくりの本です。自伝の後ろに、時代小説がくっついている。まったく毛色の違う作品が、どういうわけか置かれている。

それについて著者は、「この青春回想記に小説〔同門の宴〕をつけそえましたのは、時代小説を書いている私の主題のとらえ方の一例が、過去の自分の生活の中から、どのようにして採り出されているかを、お目にかけてみようと考えたからでした」と記しています。

やはりそうであったか。

正太郎の書く時代小説のほとんどは家庭小説、一族小説です。主人公は「家」「一門」「一族」という領域や領分のなかで、与えられた役割を演じている。

〔同門の宴〕は一族の物語です。自伝〔青春忘れもの〕に登場した人たちが、時空を超えてあちらこちらに顔をだしています。どうやら、正太郎は〔青春忘れもの〕を書くことによって、人間には変わらぬいとなみがあり、個人というものの本性は「関係」にあらわれることをしかと見きわめたようです。それが〔同門の宴〕にあざやかに描きだされています。

正太郎にとって、自伝を書く、つまり過去へ旅するとは、〝自分探しの旅〟だったのであり、タイトルにもある〝忘れもの〟は、人間に生きる「わたし」だったのです。

正太郎の生まれたころ

一八六八年七月十七日、江戸は東の京として「東京」と改名、九月には年号が「明治」に改元されます。そして、翌六九年（明治二年）の三月二十八日、首府が京都から東京に移されました。

しかし、「東京」の読み方はまちまちで、明治時代に書かれた田口卯吉や坪内逍遥などの作品では、「とうけい」とルビがふられている。漢音読みをしていたのですね。

当時の新聞も「東京」とするものが多く、東京府、東京大学、東京始審裁判所などの公共機関も「とうけい」と読まれていた。

とはいえ、「東京」という呼称のみが使われていたのではなく、和音（呉音）読みをして「東京」とルビを付したものも相当数ありました。つまり、産声をあげたころの東京は「とうけい」と「とうきょう」の二つが併用されていたのです。

さらにやっかいなのは、「京」の字に一本棒を入れた「亰」の字も使われており、この漢字を使ったときは、きまって「とうけい」と読まれていました。

天下の城下町・江戸は、明治維新を迎えて激変しましたが、いちばんの変化は、百三十万からの人口が一挙に五十七万人ほどに減じたことでしょう。巨大な武家屋敷が消え失せたことによって、東京は考えも及ばぬ田園風景をもつようになりました。人びとは草摘みや滝遊びといった四季折々の遊びをたのしんだようです。

つまり東京は、明治初年からいきなり近代都市になったわけではなく、「東京時代」といってよい近代の黎明期があったのです。その時期、すなわち明治初年から明治二十二年ごろまでのおよそ二十年間を、庶民史の研究家・小木新造は、江戸と東京をつなぐ「東京時代」と呼んでいます。

なぜ明治二十二年かというと、このころより激減した人口が増加、人びとに江戸の故事来歴を記録しようとする余裕が生まれ、そのいっぽうで近代国家の中心地である東京へとだんだん変貌していったからです。

江戸の景観を残しながら、近代化に向けて本格的に歩み始めた東京に、のちに時代小説家として世に名を馳(は)せる男の子が誕生します。この本の主人公である池波正太郎です。

思い出のなかの父

池波正太郎という人物はどうやってつくられたのか。

ここからは〔青春忘れもの〕に描かれた父と母、それから正太郎に多大なる影響を与えた映画をとりあげながら論じてみます。

まずは、父親から眺めていくことにしましょう。

正太郎が生まれた大正十二年（一九二三）一月二十五日は、朝から雪の降る寒い日でした。

その日、父・富治郎(とみじろう)は、東京浅草の待乳山聖天宮(まっちやましょうでんぐう)のすぐそばにある聖天町（現・浅草七丁目）の自宅で朝から酒を飲んでいた。大の酒好きで、朝から飲むときもあったよう

大正13年頃、父・富治郎と一緒にうつる

です。

富治郎は、浅草小学校はじまって以来の「神童」といわれましたが、気が向けばいくらでも働くが、気が向かなければ縦のものを横にもしない、面倒くさがりやなところがありました。

日本橋小網町の綿糸問屋の通い番頭だった父が、木曜日だというのに自宅にいたのは、おそらく大雪のために店を休んだからだろうと、正太郎はのちに語っています。

生家は瓦屋根の仕舞屋。玄関の格子戸を開けると、三尺の土間があり、階下には三畳と八畳の部屋、五坪の庭があった。台所は玄関に接した一坪ほどの板の間で、まだガスはなく、ご飯は薪で炊いていた。下町の典型的な庶民の家屋。家賃は八円でした。

朝から自宅の二階で酒を飲みだした富治郎でしたが、その酒も昼まえには切れてしまった。そこで、女房の鈴に酒を買いに行くようにいいつけます。

鈴は身重でした。それもいつ生まれてもおかしくないというふうでした。

酒屋で、鈴はにわかに産気づく。すぐに家に運ばれ、産婆が駆けつける。そして、まもなくして正太郎が生まれました。

ところが、この父親、驚くでもなし、喜ぶでもなし。いくら産婆さんが「池波さん、男のお子さんですよ」といっても、布団にもぐったまま、「きょうは寒いから、明日、見ます」といって、その日は階下に降りてこなかった。

ぶほっ。笑っちゃいけないが、笑ってしまいましたね。いまだったら、即、離婚です。

《産婆さんは「こんな父親を、はじめて見た」と憤慨したそうだが、私は、こういう父が好きなのだ。というのも、やはり私には、父のこういうところがないでもないからである》

（「私が生まれた日」『新 私の歳月』）

正太郎の正直さと、父親をかばう気持ちが察せられます。

一九二三年といえば、関東大震災が起こった年です。被害は甚大で、死者も数多くでた。

この地震で家屋が潰滅（かいめつ）した池波家は、浦和（埼玉県）への転居を余儀なくされます。ほどなく富治郎が勤めていた綿糸問屋は倒産、失職した富治郎はくさってどんどん酒に溺れていく。

みかねた親戚が援助の手をさしのべる。それで下谷（東京）の上根岸にビリヤード場を開くことになった。しかし、乳母日傘で育った富治郎に撞球場の経営がつとまるはずもなく、「おれは、こんな玉突き屋のおやじで埋もれるような男じゃない」という思いもあって、商売に身が入らず、しだいに自暴自棄になっていく。

あきれ果てたのは妻の鈴です。夫のぐうたらぶりに愛想を尽かし、ついに夫と離縁することを決意します。

小学校に入学したばかりの正太郎を連れて浅草永住町（いまの元浅草）の実家に戻り、今井家の人たちと住むことになります。正太郎、七歳のときの話です。

母方の家系について、ここでちょいとふれておきましょう。

そのころの永住町というところは、ずいぶんと職人が多いところで、大工、弓師、鍛冶屋、下駄屋などがひしめいておりました。

正太郎の祖父（母の父）は腕のよい錺職人でした。錺職というのは、かんざしや帯留めなどを金属で細工をするのですが、この祖父は職人気質であるいっぽう、生活をたのしむ術も心得ており、義太夫や芝居を見に、正太郎をあちこち連れまわすのでした。

絵画の展覧会（上野の美術館）や芝居見物（市村座）。外出のたびに、天ぷらは〔仲清〕、蕎麦は〔藪〕、鮨は〔美家古〕、鰻は〔前川〕、鳥は〔金田〕に立ち寄る。

正太郎少年の夢は、画家になることでした。

家にいるときは絵を描いてばかりいた。紙とクレヨンさえあればいつまでも遊んでいる正太郎に向かって、祖父は「大きくなったら、鏑木清方の弟子にしてやる」といったこともあったそうです。

正太郎はこのころのことをよく憶えています。

——夏の暑いさかり、両肌ぬぎになって細工に熱中している祖父。香ばしい汗の匂いが鼻をつく。物売りの声がする。蟹だ。大森海岸でとれた蟹を茹であげ、家族みんなで車座になってむしゃぶりつく。冬ともなれば、空地でサツマイモを焼く。大晦日は楽しみの障子張り。これでお小遣いをたんまりもらえる……。

こんなふうにして正太郎は下町の生活リズムを躰でおぼえていきます。

これと軌を一にして、正太郎の生活から父親の姿はどんどん遠ざかっていきます。

小学校をでるとすぐに正太郎は働き始めました。株屋へ勤めるようになって一年ほどたったある夜、正太郎は下谷稲荷町で偶然、父親を見かけます。懐かしくなって、すがるように呼びかけます。

しかし、父親は知らんぷり。「お前さんはだれだい？　どこの人だい。私は、お前さんなんか知りませんよ」というばかり。当時十四になる息子を拒んだといいます。

正太郎はさまざまな想いをかみしめました。

それから数年の月日が経過しました。出征まえの一九四四年（昭和十九）の一月一日、二十歳の正太郎は、名古屋の大須にある小さな旅館で父親と十数年ぶりに再会します。「別れの盃（さかずき）」を交わすためです。

そのころ正太郎は、旋盤機械工となって、岐阜県の太田（美濃加茂市）にある工場で徴用工の指導にあたっていました。父はというと、名古屋の製鉄所で事務の仕事を得ておりました。父が母に近況を知らせていたので、やっと連絡がついたのでした。二人は二升ほどの酒を飲み、大いに語り合いました。むろん、あのときの話もしました。以前、道で会ったとき、どうしてしらばっくれたのか。

「いやもう、あのときは、むしろ、お前さんに忘れてもらいたい、私も忘れようとしていたものだから……」

と、父はあやまった。家族をおきざりにして、ひとりぼっちになってしまった男の孤独がうかがえます。

それ以上のことを、正太郎は何もいいませんでした。

正太郎は戦争を生き延び、母のもとに戻ります。父とは連絡が途絶えたままでした。一九五七年（昭和三十二）の暮れ、「正月が越せないから」といって、父は、妻や母親と暮らす正太郎のもとをひょっこり訪ねてきます。「すこし、金を貸してもらえまいか……」というのである。

「ああ、よござんすとも」

そういって、こころよく父を迎える正太郎。たっぷりとお金をあたえ、衣類も持ち帰ってもらった。

母とは離婚以来の対面であった。「おや、いらっしゃいまし」と、母は平然たるものだった。

折しもしばらく仕事で大阪へ出かけることになっていたので、留守中に障子や襖（ふすま）の張り替えをしてほしいと頼んで、しばらくかよってもらうことを約束します。帰ってきたら、近くのアパートにでも住まわすつもりでいたのです。

正太郎のいないあいだ、父は息子の作品を熱心に読み、食事ともなれば、別れた女房と一緒に膳を囲み、いろいろと語り合ったそうです。正太郎の妻（豊子（とよこ））とも気が合ったらしく、笑顔でいることが多かったという。

毎日うまいものを食べ、服や下着をもらい受ける。そのうえ、お金もたっぷりいただいた。しかし富治郎は、息子の帰京を待たず、連絡先も告げず、そっと去っていってしまった。

この家に自分の居場所はないと思ったのだろうか。それとも、幸せのおこぼれをちょうだいする身分ではないと自分にいい聞かせたのか。

父はほんとうにたのしそうに数日を過ごしたようです。正太郎はのちに、父の孤影を想いながら、あのときが「生涯で最も幸せな日々ではなかったか」と追想しています。

一九五九年（昭和三十四）七月二日、正太郎の五度目の直木賞落選の決まったその日、富治郎は東京郊外の養老院でひっそりと息をひきとりました。

緊急の連絡先は、富治郎の実姉の嫁ぎ先でした。聞けば、息子が作家・池波正太郎であることを周囲に明かすこともなかったそうです。

正太郎の生涯に言及するとき、父親の影は薄い。けれど、齢を重ねるにつれ、父の記憶は、ぼやけるどころか、ますます色濃くよみがえるのでした。

大工の棟梁の息子に生まれ、手先が器用だった父。もし大工になっていたら……という想いがあったのでしょうか。正太郎は父親を大工として『剣客商売』に登場させています。みなさん、お気づきでしたか。

妖怪・小雨坊によって、小兵衛とおはるの鐘ヶ淵の隠宅に火がつけられたことがありました。そこへ建て直しにやってきたのが、浅草聖天町の、その名も富治郎という名の大工の棟梁なのです。

『おとこの秘図』をご存じでしょうか。妾腹ゆえに父に疎まれた旗本の息子・徳山五兵衛（権十郎）が、一介の剣士として生きるために出奔、逆境のなかで人生を切り拓いていく物語。家族との確執を執拗に描いているところもたいへん興味深い。

その小説の冒頭で、「筆者が数え年五歳の夏。亡父・富治郎と共に撮った一枚の写真が、いまも残っている」と書き起こしています。この物語を書くにあたって、父への思墓が正太郎の脳裡を領していたことがわかります。

正太郎は、かたときも父・富治郎のことを忘れなかった。それどころか、年をとるにつれ、亡父に理解を示し、和解し、やさしく語りかけるようになった。

なにより酒が好きだった父。それを知る正太郎は、自棄（やけ）になったときは酒をのんではいけない、と自分に言い聞かせた。「酒」と題するエッセイでは、「苦しいとき、哀しいときの酒を、私は一滴ものまぬ。うれしいとき、たのしいときしかのまない」と書き述べ、「五十をこえたいま、父が生きていたら、酒を酌みかわすこともできたろうにと、いまさらながら悔まれる」とつぶやいています。

「母親文化」にどっぷり浸かる

母・鈴は生粋（きっすい）の浅草っ子です。聖天町の隣り、馬道（うまみち）の生まれ。錺（かざり）職人の娘です。離婚して女手ひとつで、二人の子どもを育てあげた。といって、なんの力みもない。母子のベタついた関係もない。歯切れのいい下町言葉をつかい、ものごとをサッサと片づけていくのを持ち前とする女です。

正太郎にいわせれば、すぐに愛想を尽かしてしまう「あきらめのよすぎる東京の女」の典型だったそう。人一倍に気も強かった。町内では「じゃじゃ馬のお鈴」と評判をとっていたとかいないとか。

富治郎と離婚すると、母は次なる縁談がまとまり、正太郎を自分の両親にあずけて王子（東京都北区）のほうへさっさと出ていってしまいます。

正太郎のまえから、父に次いで、母までもがいなくなった。

哀れ、正太郎。

そうこうするうち、再婚して家を出ていった母が、またしても離縁して永住町に戻ってきた。

《「もう男はこりごりだ」

と、母はいったが、その手に幼児がねむっている。

「そりゃ、どこの子？」

私が問うや、事もなげに、

「お前の弟だよ」

と、母はいったものだ》

（『青春忘れもの』）

まだ「血気さかん」であった母は、二人の子どもを育てるために食堂や高校の売店などで働いた。そのころの母は気が立っていて、正太郎は「いつも撲（なぐ）りつけられ、ののしられた」そうな。

鈴はしかし、のんびりとした時間をもつことを忘れなかった。質屋へ物は運んでも、月に二本の映画と一度の芝居見物（六代目尾上菊五郎が贔屓）は欠かさなかったばかりか、大好きな鮨をひとりでこっそりつまんでもいた。

《最近になって、当時をおもい出しながら、母が、こんなことをいった。

「あのころ、私はつとめが終ると、御徒町の蛇の目寿司へ、よく行ったもんだよ」

「ひとりで？」

「そりゃ、ひとりでさ」

「おれは一度も、つれて行ってもらわなかった」

「だれもつれてなんか行かない。それだけのお金がなかったからね。私ひとりで好きなものを食べていたんだ」

「ひどいじゃないか」

「女ひとりで一家を背負っていたんだ。たまに、好きなおすしでも食べなくちゃあ、はたらけるもんじゃないよ。そのころの私は、蛇の目でおすしをつまむのが、ただひとつのたのしみだったんだからね」》

（「母の好物」『食卓の情景』）

心を飢えさせないための知恵と余裕(ゆとり)というべきでしょう。

後年、正太郎がおみやげに名店〔菊鮨〕の鮨を持ち帰ったりすると、「ここのお鮨は、おみやげの折の中で、まだ濡(ぬ)れ濡れとしているねえ」と目を細めるのでした。「濡れ濡れ」という形容が正真正銘の鮨好きであることをうかがわせますね。

正太郎は、うまいことをいうと感心したのでしょう、この「ぬれぬれ」を多くの作品で用いています。「ぬれぬれとゆいあげた若衆髷(わかしゅわげ)」(『剣客商売』)、「うすい唇がぬれぬれと紅い」(『梅安蟻地獄』)、「眸(ひとみ)が鳶色(とびいろ)がかって、ぬれぬれと光っている」(『人斬り半次郎』)、「双眸(りょうめ)がぬれぬれと脹(は)り」(『雲霧仁左衛門』)などなど。しっとりとした潤いのある様子をうまく伝えています。

正太郎はこの母親からずいぶんと感化されました。佐多稲子(作家)との対談では、芝居や映画が好きになったのは母親の影響である、と語っています。

《うちの母は下町の女ですから、月に一回は芝居に行く。映画に行く。で、自分が行くから、子供が行くことを止めたことないんですね。貧乏暮しでも、羽織を質に入れてでも芝居へ行くというようなことで、そうでないと生きる愉しみがないってことなんですね、女で働いているから》

（対談――いい男といい女）『私の歳月』）

下町モダニズムというのがあって、とりわけ浅草には、いっぽうで古くからある芝居や落語や相撲や和食になじみ、もういっぽうで映画やミュージカルやジャズや洋食など、新しいものを好む風潮があった。

正太郎がはじめて見た洋画は、ジャネット・ゲイナー主演の恋愛映画『第七天国』（一九二七年）で、これは母親に連れていってもらったと回想しています。恋愛映画に六つや七つの子どもを連れていく。山の手の母親では考えられませんね。大人と子どもの境界がきちっと分かれていない下町ならではのことでしょう。

母親が好きだった映画スターは片岡千恵蔵。だから、のちに正太郎の小説〔色〕が映画化され（題名は『維新の篝火』）、千恵蔵が主演したときは大喜びだったそう。

昭和初期の男子は、父親文化をまとって立身出世の道を歩く。イデオロギーは質実剛健、趣味は忠君愛国が主流。むろんのことに小説本なんか手にとらないし、芝居も見にいかない。

ところが、下町の男の子は、陰ではひそかに母親文化とつうじてい、こっそり小説を読んだり、母親に連れられて芝居小屋や映画館に行ったりする。

正太郎の場合はなおさらでした。父親が不在であったため、そうした母親文化にどっぷりと浸かっていました。

芝居の切符が売りだされると、母親にいわれ、小学校を休んで歌舞伎座まで買いに行ったこともあるというからびっくりです。こんなまねができたのも、正太郎の家には父親文化がなかったからにちがいありません。

大人のまねをしたいときは、食べものやにひとりで入り、鍋ものなどをたのみ、そのあとで芝居見物に出かけたそうです。食堂のおねえさんに、「あら、この子、なまいきだよ」とやっつけられたり、「このつぎからは、お母さんといらっしゃいよ」と小言をいわれたこともありました。

歩いて十数分のところに映画館が立ち並ぶ浅草六区がある。観たい映画はふんだんにある。学校に行っていたんじゃあ、間に合わない。そこで自分の股をナイフで切って出血させ、校医の許可をもらって小学校を休み、杖をつきながら映画見物に出かける。まさに筋金入りの映画少年でした。

寄席にもよく足をはこびました。びっくりするのは、あの人品卑しからぬ桂文楽（八代目）にむかって、客席から「よかちょろ演って」といったというから恐れ入ります。よかちょろというのは、商家の若旦那が吉原の花魁に夢中になる噺です。これ、小学校五年生ごろの話です。すると、文楽は「坊や。そんなことをいっちゃいけません。そんな、あなた、ませたことをいうと、お母さんに叱られますよ」といって正太郎をたしなめたそうです。早熟で、大人のまねをしたがる、ませた餓鬼（がき）だったのです、正太郎は。とはいえ、「よかちょろ」というのがいいですね。「よかちょろ」は文楽の魅力が最もよく出ている噺でして、それを十かそこらの少年が見抜いていたとは、いやはや……とだけいっておきましょう。

母の定法

さて、いよいよ小学校卒業も近くなると、「小学校卒業だけで、大いばりでやってゆけるのは株屋しかない」と見きわめた母は、親類の世話で、息子を株屋へつとめさせます。一九三五年（昭和十年）、十二歳の春のことです。

大正から昭和にかけて、東京の下町っ子は小学校を出ると、働きにでるのがあたりまえでした。中学に進学するのはむしろ珍しいほうで、浅草今戸生まれの先輩作家・川口松太郎も小学校を出たあとは質屋の小僧になっています。

正太郎が株屋へつとめることを耳にした父・富治郎は、ひそかに社長宅を訪問し、自分は離婚しているゆえ、親がわりになって息子の面倒をみてほしいと頼んでいます。泣かせます。

母親も社長のところへあいさつに出向きます。それは、ちょうど土砂降りの雨の日でした。母は勤め先の食堂〔萩や〕の名がはいった番傘をさしてやってきた。女持ちの小綺麗な傘を買う余裕なんかない。そうであっても、あいさつだけはきちんとする。そんそんな母を見て、正太郎は恥ずかしさより、切りつめた暮らしぶりが思いやられたと語っています。

戦時下、出征するとき、正太郎を「男」にし、つくるところを知らぬ若者の精気を受けとめてくれたばかりか、遊びのしきたりを教えてくれた吉原のお女郎・せん子さんに、「長々、せがれの正太郎がお世話になりました」とお礼を述べにいったのもこの母です。あっぱれ。

母の言動や心理をつうじて、正太郎は世の定法や規矩といったものを学んだのでした。

出征のときには、「悪運が強いから、おまえさんは死にやしないよ」と励まし、直木賞で落選したときは、受賞した人の作品を「あんな奴が書いたの、どこがいいのだ」と悪態をついたそうです。むろん、その作家の受賞作を読んだわけではありませんが、正太郎は母のその言葉に「はじめて、母の私に対する愛情の表現を看た」そうです。

そういう母であるから、映画や芝居にあらわれるような温かい言葉を息子にかけない。泣きごともいっさい洩らさない。「女手ひとつで子どもを育てて苦労した」と訴えることもない。母親として、世間のしきたりを教えれば、それでいい。そう考えていたようです。

そんな母親のことを、正太郎は後年、エッセイのなかで「可愛げのない婆さん」と書いていますが、そこにはいいようのない愛情がこもっています。そうでなければ、随筆にあれほど自分の母親のことを書くことはなかったでしょう。

もっとも、鈴さんは「また私をつかったね。今年からは小づかいを上げておくれよ」とこれまた可愛げのないことをいうのですが、そのことをまた息子が喜んで書いているのを見ると、互いの性分を知り尽くした親子だけにつうじる情愛が行き交っていたようです。

親は子のなかに、子は親のなかに「自分」を発見して、ほくそ笑んだり、あきれたりする。これぞ親子という感じがいたします。

映画のマナー

もうひとつ、池波正太郎という人間をつくりあげたものに「映画」があります。

正太郎は映画のなかのさまざまな人生を垣間見て、人間のことや世間のことに知悉(ちしつ)していきます。〔青春忘れもの〕を読んでいると、じつにそのことがわかる。

映画好きの昭和っ子。なにかひとつ自分が好きな世界を持っている少年は、それだけでもう現実の窮屈さから飛びだしてしまったのびやかさがありますね。

「食べる」のと同じように、正太郎にとって映画は生活の一部、なくてはならないものでした。映画のない人生などありえない。一週間に一本の映画も観ないと、禁断症状がでる。それほどまでの映画好き。

正太郎はやがて自他ともに認めるシネマディクト（映画中毒者）となり、映画を観ることで、自己を相対化することの大切さに気づいてゆきます。だから正太郎は、自分を客観視することにも長けていた。映画に関するエッセイを読むと、そうしたことがよくわかります。

「国や人種が違い、歴史や文化が違うといっても、人間であることには変わりがない。だから映画というのは〝国際語〟だともいえるね」というのが持論。正太郎が偏狭な価値観に執着を見せることなく、グローバルな感覚を保持できたのも小さいころから「映画という国際語」に親しんでいたからでしょう。

話はちょっとそれますが、映画評論でいい仕事をしているのは、十歳ぐらいから映画や芝居を夢中で観ている人たち。たとえば、飯島正、南部圭之助、双葉十三郎、淀川長治、川本三郎など。書くもの、語るものに、奥ゆきの深さを感じます。心もみずみずしい。なかでも南部圭之助と川本三郎。この二人は文学に精通しているし、西洋の音楽にもくわしい。読んでいてうれしくなってしまう。

大人になってから映画を勉強し始め、試写室でめきめき力をつけた人はだめ。元手がかかっていないので、映画の、なんていうか、下地がない。映画の教養が身についていない。だいたい、エンターテイメントの本質は、カネと時間をぞんぶんに浪費してナンボです。小さなころからお小遣いをためて身銭を切るというぜいたくをしていなくちゃいけない。年季の入った〝遊び人〟じゃないと映画評論はおもしろくない。どうしてなんでしょうね。遊び心がある人は、大筋よりも細部、状況よりも背景、真ん中よりも片隅、中心よりも周縁、主題よりも伏線に目が向いている。映画の見方にゆとりがあるんですね。

そういったことは文章にでますよ。大人になってから映画を観始めた人は、スクリーン全体を眺めずに、主題という一点だけを問題視して矯激（きょうげき）的なことを書いてしまう。あげく、「この映画がわからないやつはバカだ」とか「こういう知識がないと、この映画はたのしめない」みたいなことを口走る。エンターテイメントへの理解が浅いんです。

無声映画時代から映画というものを知っている正太郎は、映画に精通していることをちょっとは自慢してもよさそうですが、まったくひけらかさない。自分だけが映画をわかっているのだという思い込みもない。映画の批評は、まず「理解」からとの認識が根底にある。映画批評のマナーを知っているんです。

控えめに主張したのはひとつだけ。「映画を観ると得をする」ということ。

口ぐせは——みんな、どうして映画を観ないのだろう。

映画は「切り取られた〝時間〟の中で人生を語る芸術」です。たった二時間でいろんな人生を垣間見ることができる。映画を観るということは、いくつもの人生を見るということにほかならない。映画を観れば、エスプリ・クリティク（洒脱な批評精神）やおしゃれのセンスも身につく。さまざまな感覚が灰汁ぬけて洒脱になる。映画を観るとずいぶん得をするんだ……なのに、どうして映画を観ないのだろう。

映画には「文法」というものがある。さまざまな決まりごと、制約といってもよい。そうした文法のなかで、どれほどの力量を発揮できるか。そのことにしのぎを削る。一流の知性とあふれんばかりの情熱が映画には注ぎ込まれている。なのに、どうして映画を観ないのか。

《すぐれた映画というものは、その時代時代のリズムを、絶えず新しくきざんできた。刻々と変転する時代のながれが生み出す新しいテーマとフィーリングを、たくさんのスタッフがちからを合わせ、新鮮な才能を凝結して映画化するわけだ。それこそ〔映画〕なのである。

それが、わずか二時間前後で吸収できるということは、なんとすばらしいことであろう》

（〔映画楽しみ40年〕『新年の二つの別れ』）

映画はさまざまなインスピレーションを放射してくれる。それはどんな職業に就いていようが関係ない。政治家や会社経営者はもっと映画を観たらいい。映画を観れば、人間のことがわかってくる……しかるに、なぜ映画を観ないのだろう。晩年になってからも、こうつぶやいてばかりいました。

最後に、ある映画にまつわる話をひとつ。

〔青春忘れもの〕のなかに、戦後、悪友の井上留吉と再会する場面がある。むかしから映画狂である二人だけに、話もはずみ、戦後、最も好きな女優と監督はだれか、ということになり、「よし、紙へ書いてあけてみようじゃねえか」となった。で、書いた紙片を開いてみると、まるで申し合わせたように、二人とも、監督はフェデリコ・フェリーニ、女優はジュリエッタ・マシーナとでた。

けっして涙もろいと思われない正太郎が、映画を観て「泣いた」といっているのは、わずか数本だけ。そのうちのひとつがフェリーニの『道』。フェリーニは人物の内面を映像化するのが上手な監督ですが、なかでも『道』は群を抜いています。私もしんそこ感動しました。

《私は、この映画を何度も観た。はじめは哀れなジェルソミーナに涙をこらえきれなかったが、自分が年齢を重ねるにつれ、ラストのザンパノの姿に涙ぐむようになってしまった》

（「フェリーニの〔道〕」『池波正太郎の春夏秋冬』）

ジェルソミーナを演じるのはジュリエッタ・マシーナ。表情もいいけれど、歩き方やうなだれ方にも内面が投影されている。ザンパノはアンソニー・クイン。これまた見事な撮られ方をしている。

泣くべきときに泣くのは大事なマナー。正太郎にとって、映画は、生きる喜びを与えてくれるオアシスであり、なにより自分自身が〝成熟する場所〟でした。

第

話

江戸の風韻

むかしの東京はこうだったのだよ

イギリス人の園芸家、ロバート・フォーチュンは、日本の庶民がひじょうに花好きであることに瞠目(どうもく)しました。『幕末日本探訪記・江戸と北京』という書物のなかで、フォーチュンは幕末の江戸をこんなふうに描写しています。

「江戸は東洋における大都市で、城は深い堀、緑の堤防、諸侯の邸宅、広い街路などに囲まれている。美しい湾は、いつもある程度の興味で眺められる。城に近い丘から展望した風景は、ヨーロッパや諸外国のどの都市と比較しても、優るとも決して劣りはしないだろう。それらの谷間や樹木の茂る丘、亭々(ていてい)とした木々で縁取られた静かな道や常緑樹の生垣などの美しさは、世界のどこの都市も及ばないであろう」

フォーチュンにかぎらず、幕末に海外から陸続と日本へやってきた異邦人たちは、「箱庭のように美しい」とか「まるで絵のようだ」との感想を口々にもらしています。

そんな江戸を日本の絵師たちはさかんに活写しました。なかでも歌川広重（安藤広重）は、江戸の風景を描いた木版画で、いまもわたしたちの心を江戸に遊ばせてくれます。

正太郎は、広重についてこう語ります。

《江戸の四季を、人びとを、雪の朝を、夕暮れの空を、広重の絵筆は無限の美しさをもって、「むかしの東京は、こうだったのだよ」と、私どもに語り聞かせてくれる》

（『江戸古地図散歩』）

広重（一七九七―一八五八）は幼いころから絵心が勝っておりました。役者絵、美人画、花鳥図などに手を染めたあと、〈東海道五十三次〉を発表、以後、風景画にどっぷりつかります。なかでも〈江戸名所〉シリーズは、いまなお第一級の芸術品として、また歴史的価値をもつ貴重な資料として光芒を放っています。

正太郎はまた、井上安治（やすじ）の風景画にも見とれました。

文久四年（元治元年／一八六四）浅草に生まれ、明治二十二年（一八八九）に夭逝（ようせい）したこの絵師を、正太郎は「明治の天才版画家」とまで呼んでいます。

安治は市中各地に風光の美を探りましたが、その画題は大川（隅田川）と、それに連なる枝川や運河が目立って多いことは注目に値します。

そこには、正太郎も歩いた街、眺めた川、渡った橋、仰いだ空がありました。その生彩ある記録画は、かつての東京の空と地を懐古するにふさわしく、正太郎はその余芳にひたりながら、想像の翼を広げるのでした。

小説を書くうえで、正太郎がもっとも寄り添ったのは、斎藤幸雄・幸孝・幸成の三代にかけて編纂された〔江戸名所図絵〕です。「見るといえば、この〔江戸名所図絵〕ほど頻繁に見る書物はない」というほど愛しました。

そこには長谷川雪旦と雪堤の父子によって描かれた精緻な江戸の姿があります。風景のみならず、武士、農民、職人、僧侶、そしてもろもろの老若男女から獣類に至るまでこまかく描かれています。

正太郎は〔江戸名所図絵〕を喰い入るように凝視しました。「同じところを何度、繰り返して見ても飽きない」し、「見るたびに新しい発見をするし、毎日の仕事のためにも、一日一度は、ひらいて見る」というほどの惚れ込みようで、「ああ、ありがたい、と思わずにはいられない」と書き述べています。

なかでも大川の様子は格別で、正太郎の胸を熱くしないでおかなかったようです。

大川への思慕

江戸時代は、河川を利用した舟運が発達していました。舟は重要な交通手段であり、

池波正太郎自筆画「大川と待乳山聖天宮」
池波正太郎記念文庫所蔵

人びとのいとなみは河川とともにありました。

東京の山の手は台地ですが、下町は「水の町」でした。幸田露伴が随筆［水の東京］で明らかにしているように、下町の生活は大小の河川に接していとなまれていました。暮らしの大半は川とかかわり、人と川とは親密な関係にありました。

なかでも大川（隅田川）は別格でした。

正太郎は小さなころ、船宿の小舟で大川を行ったり来たりしたそうです。舟から人びとのいとなみを眺め、四季折々の風雅を満喫する。大川あっての暮らし。だから、大川を「心のふるさと」とまで呼んでいます。

なにを大げさな、と思われる方もいらっしゃるかもしれませんが、幸田露伴（慶応三年、下谷区仲御徒町生まれ）、永井荷風（明治十二年、小石川区金富町生まれ）、谷崎潤一郎（明治十九年、日本橋区蠣殻町生まれ）、芝木好子（大正三年、北豊島郡王子町生まれ）なども、正太郎と同じような感慨をもって大川を眺めていたことは、彼らの作品を読めばよくわかります。

芥川龍之介（明治二十五年、京橋区入船町生まれ。生後八か月で本所区小泉町へ移住）もそんなひとりでした。明治四十五年（一九一二）、次のような一文をしたためています。

《自分は大川あるが故に、「東京」を愛し、「東京」あるが故に、生活を愛するのである》

（芥川龍之介〔大川の水〕『大川の水・追憶・本所両国』）

東京という町が、まるで大川に抱きすくめられていたかのような書きっぷりです。大川への尽きせぬ愛情が感じられます。

江戸から東京へと変わっても、人びとの大川をいつくしむ気持ちは変わりませんでした。正太郎の母・鈴さん（明治三十四年、浅草区馬道町生まれ）は、「雪の朝なんか、何ともいえないほど景色がよくて、広重の錦絵を見ているようだった」といっていたそうです。

夏の大川も見事でした。風光には清爽とした趣があり、川面の光は小魚の鱗(うろこ)のように輝いていた。

春もよかった。〔花〕という歌（明治三十三年発表）をご存じでしょうか。滝廉太郎が作曲したことで有名ですが、武島羽衣(たけしまはごろも)による歌詞は往時をしのばせる風韻がそこかしこに感じられます。声にだして読んでみましょう。

春のうららの隅田川
のぼりくだりの船人(ふなびと)が
櫂(かい)のしづくも花と散る
ながめを何にたとふべき
見ずやあけぼの露(つゆ)浴びて
われにもの言ふ桜木(さくらぎ)を
見ずや夕ぐれ手をのべて
われさしまねく青柳(あおやぎ)を

錦おりなす長堤に
　くるればのぼるおぼろ月
　げに一刻も千金の
　ながめを何にたとふべき

いやあ、いいですね。まさに春宵一刻値千金、思わずうっとりとしてしまいます。

大川ぞいの浜町河岸は、料亭の庭が川に面しており、そこに船行燈をつけた新内流しが小舟でやってくると、客が心づけを紙に包んで上からおろしたという風流な話がありますが、現在の大川は周囲を灰色のコンクリートですっかり固められてしまい、風情のない遊歩道のすぐ横には大きなビルが立ち並ぶといったありさまです。


《東京の、川という川が埋めたてられた中で、大川（隅田川）のみは、さすがに埋めたてられなかった。

　川をながめていると、心がなごむ。

　そのうちに……。

　えもいわれぬ感情がこみあげてきて、躰が熱くなってくる》

（「大川と佃大橋」『東京の情景』）

正太郎にとって、大川こそが、ふるさとの象徴でした。

東京散歩へ

小学校の五年生ともなると、正太郎は縁日の古本屋で『東京市区分地図帖』を買い求め、「冒険に出かける」と称して、高田の馬場、芝の増上寺、愛宕山（あたごやま）、赤坂の山王社あたりをめぐり歩きます。スケッチブックとクレヨンを持参して散策することもあったようです。

正太郎は東京の町をじつによく歩きましたが、老境に入ってからは、人の往き交う繁華街の雑踏をぼんやり眺めたり、大川に架かる橋の上ですごすひとときを愛しました。いまでは「町歩き」が趣味という人がそこらじゅうにいますが、じつは散歩の歴史は意外と浅いんです。

身分制度が厳としてあった江戸時代に、大人が昼間からよその町をぶらぶらうろつくなどとは考えにくいものです。それどころか、ぶらつくこと自体、「犬川」（犬の川端歩き）と呼ばれ、無用のことであると蔑視されていた。

散歩の歴史をしばし探索してみましょうか。

大佛次郎（おさらぎ）の随筆〔散歩について〕によれば、江戸時代、散歩などというものは「はしたないことで、してはならぬ行儀」でした。

そもそも散歩は、近代になって西洋人が持ち込んだものです。

大佛次郎は次のように記しています。

「日本の武士で町によくぶらぶら歩きに出たのは、勝海舟である。父親の勝小吉が武士でも本所（ほんじょ）の遊び人だったせいだけでなく、やはり外国人の散歩の習慣に習ったのである」

明治十三年の上野界隈の様子を描いた森鷗外の小説『雁（がん）』には、すでに〝散歩〟の文字が見えますから、いわゆる高等遊民たちは明治十三年にはこの言葉を使っていたものと思われます。

随筆『東京の情景』のなかで正太郎は、「むかしの東京・下町に住み暮らしている人びとは、よほどのことがないかぎり、自分の住む町の外へは出て行かなかった」と書き記していますが、町人たちは日々の生活に忙しく、散歩になじむことはなかったようです。

そこへ、永井荷風の『日和下駄（ひよりげた）』があらわれます。大正四年（一九一五）のことです。べつだん用もないのに東京の路地や空き地や川っぺりをうろうろして、それを本にしようとする物好きなど想像もできなかった時代のことです。

荷風は、神社の裏手にある坂をのぼったり、格子戸や物干し台、ドブ板や木戸口を丹念に眺めては、それを詩情豊かに記録しています。

ふりかえってみますと、山の手の知的遊民と下町の遊び人しかやらなかった散歩のおもしろさを伝えたのは、荷風と正太郎の二人であったように思われます。

都市散策を文学作品にまで結晶化させていったのが山の手生まれの永井荷風であり、散歩を生涯の友とし、その先々で酒食をたのしむことを喜びとしたのが下町生まれの正太郎ではなかったか。荷風が食べることにほとんど興味を示さなかったのに対し、正太郎は散歩中の「食」に興味をもちました。

散歩といっても、いま流行り（はやり）のウォーキングではありません。正太郎いわく、「歩かぬと健康によくないなどという散歩は、私にとっては散歩ではない」。

いうまでもなく散歩は、時間的余裕と精神的ゆとりがないとできません。日本は明治から大正、そして昭和にかけて、はじめてそうした時間をもつことができたわけです。

何を求めて、人は散歩に出かけるのでしょうか。

ゆとりのある時間を味わう。これに尽きます。

ひとり町に出るとき、正太郎の心はもっとも充実していました。

雑踏のなかにあって、ひとりであることの感慨に浸りきる。やがて正太郎は、安らかな詩情につつまれ、深い思索のなかに没入してゆくのでした。

幻景（まぼろし）としての江戸

正太郎は、祖父母が江戸時代の人だった最後の世代です。母方の曾祖母は、娘のころ、下総（しもうさ）・多古（たこ）一万二千石の大名・松平豊後守（ぶんごのかみ）の江戸藩邸で侍女奉公をしておりました。

上野の戦争があったときは、小石川の松平家の屋敷で、彰義隊（しょうぎたい）と官軍の斬り合いを目撃しており、曾孫の正太郎とチャンバラ映画を観た帰りともなると、立ち寄った蕎麦屋でもりで一合の酒をのみながら、「なかなかどうして、さむらいの斬り合いなぞというものは、あんなものじゃあない」と言ったそうな。
江戸は、正太郎にとって身近なものでした。
景観も、その名残りをわずかにとどめていた。しかし、古いものを次々に取り壊してゆく東京の近代化は、「破壊」以外のなにものでもありませんでした。

年齢を重ねるにしたがって、懐旧の情が濃くなるといいますが、正太郎は東京の荒廃を目の前にして、いてもたってもいられなくなります。

正太郎の旺盛な散歩熱は、東京の近代化が本格的になったころと重なります。

東京から江戸の残り香が消えてゆく。なんとかしたい。せめて文章のなかでは、古き良き東京の風景を書き残しておきたい。そんな想いにかられて、正太郎は東京を歩き始めます。いわば、それは「過去に向かう散歩」と呼んでいいものでした。

生来の地図好きということもあったのでしょうが、町への興趣、地誌への関心は正太郎のなかにつよくあり、亡(ほろ)びゆく東京のなかに残照を見つけだそうと目を凝(こ)らしました。というわけで、正太郎の散歩は、江戸趣味が濃厚に反映されていました。つかのま古人の心持ちになる。江戸の切絵図を持ち歩き、ときに着流しでぶらつく。東京の町並みの向こうに「江戸」を見るためです。

荷風の散歩は東京の忘れ去られた場所に隠れ里を見つけたいと願うものでしたが、正太郎のそれは江戸の幻影を追い求めるものでした。じっさい荷風は〔玉の井〕という隠れ里を見つけましたが、正太郎は現実の向こうにある夢幻にまどろむだけでした。

むろん正太郎はほんとうの江戸を知りません。数多くの絵と残されたわずかな写真を見て〝知っている〟だけです。正太郎は幻景(まぼろし)を追い求めたのです。

現実の都市のなかに夢の町を見る。正太郎にとっての郷愁とは、「実在した過去」を追慕することではなく、「理想の過去」を創造してゆくことだったのです。

正太郎は静かな世界にひとり清遊するのを好みました。なかでも、大川の川面、それは夢幻への入り口でした。

《今年の夏の或る日。例によって浅草へ出た私は、並木の〔藪(やぶ)〕へ立ち寄り、酒を三

本ほどのみ、蕎麦を食べてから、駒形橋へ行き、橋の中程で大川（隅田川）の川面をながめているうち、

「あっ……」

という間に、二時間がすぎてしまったことがある。

いったい、その二時間を、私は何を考えながら大川を見下していたのだろう。

いや、何も考えてはいなかった。

ただ、ぼんやりと川面を見ているうちに二時間がすぎてしまい、あたりに夕闇がたちこめているのに気づき、時計を見て愕然としたのだ》

（〔散歩〕『チキンライスと旅の空』）

忘我の境地にいたのでしょうね。

江戸の風韻をはこぶ大川の表情をうかがおうとして立ち止まる。風景との静かな交感。時間からとり残された川面の揺らぎ。いつしか、風景が親しいものとして接近してきて、正太郎をそっと抱きすくめる。

風景を見ている自分が、やがて風景のなかに溶け込む。正太郎が目にしているのは、詩的感覚によって揺らめいている大川なのです。

正太郎にとって東京は、たんに住まう場所であるだけでなく、作品が生まれてくる源

泉でもありました。

こうした散歩のあとは、さまざまなインスピレーションがわき、気分までもほがらかになったことを明かしています。むろん、小説の想(そう)が思い浮かぶこともありました。

《その〔仕掛人〕という言葉をおもいついたのも、私が嘉永三年（一八五〇）に麴町の近吾堂が発行した木版の江戸切絵図をポケットに入れ、むかしの塩入土手のあたりから、白髭橋の西詰を浅草・橋場へ出て来たときのことで、梅安や彦次郎を単に〔殺し屋〕と、きめつけてしまいかけたが、もっと別の名称を考えてみようと、

（さて、何としようか？）

そうおもったとたんに〔仕掛人〕という三文字が脳裡をかすめたのであった》（〔大川の水〕『チキンライスと旅の空』）

あの『仕掛人・藤枝梅安』もこうした散歩のときに生まれたのでした。景観の向こうにある幻影が、見る人の目にとまるのを待っていたかのようです。

消えゆく情趣

正太郎が生まれた年の九月一日の午前十一時五十八分、マグニチュード七・九の大地

震が東京を襲います。関東大震災です。死者・行方不明者は一〇万五〇〇〇人余りにのぼったといわれています。

正太郎の生家もこの大地震で潰滅、埼玉県の浦和に転居を余儀なくされます。正太郎は六歳の一月までそこで過ごすことになります。

この大震災で、美しい偉観の大半が消えてしまった。これは天災ですから仕方のないことです。

問題は、復興のありようです。

日本橋区蠣殻町（いまの中央区日本橋人形町）生まれの谷崎潤一郎（明治十九年生まれ）は、江戸の風情を愛するひとりでしたが、この大震災を機に関西に移住、上方の文化伝統に惹かれていくいっぽう、変わり果ててしまった東京には愛着を見せないどころか、露骨な嫌悪感さえ示しました。

古き良きものに替わって、新しい悪しきものが台頭する。また、古き悪しきものが消え、新しい良きものがこれに替わる。

絶えず変化していくことは、都市の避けられぬ運命です。ですが、ロンドンやパリが都市全体のことを考えて整備されてきたのに対し、明治以降、とりわけ戦後の東京は〝部分〟を積みかさねた無秩序な都市になってしまった。

目隠しをしてつくった福笑いのような相貌。てんでばらばらの建築物が立ち並び、世にも異様な都市風景があらわれた。

どういう人間が住み暮らす都市なのかという象徴性や精神性がまるで感じられない。都市としての美観が、利便性や収益性の背後に追いやられてしまった。

震災以後、東京の町は「帝都復興」に向かって、〝モダン都市〟へと再生していきます。このことはすなわち江戸の残り香がただよう町から、鉄とコンクリートの都市へと変貌してゆくことを意味していました。

次なる不幸が東京を襲います。東京大空襲です。

太平洋戦争での米軍による無残な爆撃で、東京は文字どおり焦土と化しました。焼失家屋は二十七万戸、罹災者は三百万人、死者は十万人といわれています。非戦闘員ばかりです。……いまだにアメリカだけは赦せないという老人たちがいるのもうなずけます。

関東大震災と東京大空襲によって、東京は破壊されました。

震災と戦災。この二つによって東京の町は過去の情趣さえも失ってしまった。世界の大都市のなかで、近代に入って二度も大きな惨劇を経験した都市はほかにないでしょう。

さらに追い討ちをかけたのが「高度成長期」の日本人のふるまいです。こちらは明らかに「人災」でした。

昭和三十年から四十八年にかけてのいわゆる「高度成長期」に、大川をはじめとする東京の川は工場廃水で汚染され、すっかり表情が変わってしまった。工業化社会への体裁を急いでととのえようとしたからです。正太郎はこれを「狂気じみた変転」と呼んで警鐘をならしました。

陸の上では、もっとおぞましいことが起こっていました。

昭和三十八年（一九六三）、五街道の起点であり、現在も日本の道路の起点となっている日本橋に、なんと高速道路の大きなコンクリート屋根をかけてしまったのです。いまはこの名橋の上を車輛が行き交い、その響みは絶えることがありません。見るも無残な橋にされてしまった。

広重の絵にも見えるように、日本橋からは、海上に昇る朝日、江戸城の甍や森、盃を伏せたような富士の山容までもよく見えた。しかし現在、その風致は微塵も感じられません。江戸の歴史にも東京の庶民の心情にもなんら理解のない地方出身の公団関係者が図引きをして日本橋の上に高速道路を架けてしまったのです。

《何しろ、東京の中心である日本橋の上へ高速道路で蓋をしてしまう世の中なのだ。高速道路を造るのに反対なのではない。いかになんでも、これはひどすぎる。この口惜しさは、いくら書いても書き足りないのだ。

東京オリンピックを境いに、このような悪業が当然のものとなってしまった。オリンピックは成功したが、東京は、反吐をかぶることになったのである。

〔東京〕の都市名は、むかしの〔江戸〕あればこそのものだ。
それを忘れてしまうのなら、いっそ、東京とよぶのもやめにしたらよい》

（『江戸古地図散歩』）

ここでいう「東京オリンピック」は、もちろん一九六四年のときのものです。文化とは新しいものを追い求めることではなく、歴史との連続性を大事にすることだということに気づいていたのは正太郎だけではありませんでした。小林秀雄、永井龍男、福田恆存（つねあり）、中村光夫らも、東京の近代化に絶望して、鎌倉の地に「第二の江戸」を求めたのでした。

もう二つ、引いてみます。

《他国から来た政治家や木ッ端（こっぱ）役人が、私どもの町々を滅茶苦茶に掻（か）きまわし、叩き毀（こわ）してしまった》

（〔家〕『男のリズム』）

《政治と企業は「開発」の二文字をもって、何処（どこ）も彼処（かしこ）も破壊して行く。これに一部の建築家と称する族（やから）が加わり、臆面もなく破壊に協力するのだから、たまったもの==ではない。
「残したい日本」というなら、すべてを残したい
（「コーラを売らない町」『池波正太郎の春夏秋冬』）

たいそうおかんむりです。おだやかな筆致で随筆を書くのをわがものにしていた作家ですが、このときばかりは怒気がほとばしっています。

正太郎は声高に自己を主張したり、人倫を説いてまわることを好みませんでしたが、景観や風致というものを大事しない所業には決然たる態度を表明しました。

永井荷風は、地方人の流入によって変貌してしまった東京の姿は耐えがたかったようで、「野蛮」「動物」と罵倒しまくっていますが、正太郎もまた我がもの顔にふるまう地方出身者を苦々しく思っておりました。

急いでつけくわえておきますが、正太郎は「江戸っ子」を鼻にかけたり、「地方出身者」を小馬鹿にしているわけではありません。その土地に住み暮らす人がもつ文化を軽く見る他国者（よそもの）だけを敵視しているのです。

それにしても、どうしてこんな文化破壊をしでかしたのか。

調べてみると、東京オリンピック（昭和三十九年）を控えて、選手村と競技場を結ぶ交通の利便性を高めたいという狙いがどうもあったらしい。短絡的な発想ですね。

俳優の小沢昭一は、東京を縦横に流れていた川を「バカが寄ってたかって埋めつくし」て道路にしてしまったと怒りをあらわにしていますが（『ぼくの浅草案内』）、そもそもなぜ川や掘割（地を掘って水をとおしたところ）を狙って道路を架けたのか。それは、土地を買収したり、民家を立ち退かせる必要がなかったからです。役人はこういうとこには頭がはたらくんですね。まったく、いやな都政でござんすよ。

正太郎は、この高速道路つきの名橋を画布に描き、次のような言葉をそっと脇へ置きました。

《この絵は描きたくなかったが、いまの日本橋の、あわれな姿を描きとどめておくこともよいのではないかとおもった》

（〈名橋・日本橋〉『東京の情景』）

絵には人間がひとりいるだけで、車輛は一台も描かれていません。これは江戸の名残りを残す東京に育った正太郎の、せめてものあらがいでした。憤懣やるかたない瞳を灰色のコンクリートに向けている正太郎の胸中が、まことに痛ましく察せられます。

司馬遼太郎の回想によれば、一九六四年に開催された東京オリンピックのころの話だと前置きして、「池波さんは、適応性にとぼしい小動物のように自分から消えてしまいたいとおもっている様子」で、「京大阪にうつりたい」とぽつりと洩らしたといいます。（「若いころの池波さん」『以下、無用のことながら』）。

もとより風景の〝発見〟は、都市社会の成立と無縁ではありません。『旅のエクリチュール』の著者・石川美子さんによれば、ヨーロッパにあっても、風景という概念は近代になって発見されたものらしい。

だとすれば、正太郎による風景の発見もまた、東京の近代化のなかで見いだされたものだといえそうです。

守られるべき風景は失われる過程でしか〝発見〟されないのでしょうか。近代はこの問いかけに、そろそろ答えをださないといけませんね。

風景のなかの幻影

二〇一一年（平成二十三）は、日本橋が現在の御影石の橋に架け替えられてちょうど百周年にあたった年（明治四十四年に建造）です。しかし、いまも高速道路の〝屋根〟がある。

そこで、いまの日本橋をどう思うかと、〔名橋「日本橋」保存会〕なるところに訊いてみると、一九七〇年に撤去された道路の起終点を示す「日本国道路元標」の複製による復活はかなったものの（本物は車道の中央部に真鍮板として埋めこまれている）、高速道路の屋根は「いかんせん取っ払うことはできなかった」とのことでした。
昭和の東京オリンピック以降、日本経済は国民をつねに消費への渇望におくという操作をつうじて、「物欲尊重」と「開発奨励」の心性を膨張させました。経済は、国を治めて人民を救うことを目的とする「経国済民」に由来することを、当時の日本人はどうやら忘れていたようです。

為政者たちは、国土の美観を追求することが日本人の倫理の再建につながる、とは考えなかった。人間の精神は、人間関係によって形成されるばかりか、風景との関係においてもはぐくまれるとの発想がなかったのです。

文芸評論家の保田與重郎（よじゅうろう）は、戦後の開発という名の破壊は戦争の惨禍をはるかにうわまわるものだった、と語りましたが、正太郎の感慨もこれに似たものではなかったでしょうか。

奥野健男（文芸評論家）は『文学における原風景　原っぱ・洞窟の幻想』という書物のなかで、「自己形成空間や生活空間及び地域共同体の変化や崩壊」は「小説自体の成立に関する致命的と言える危機をはらんでいる」として、風景を描こうとはしない小説の向かう先を案じましたが、この予感は残念ながら的中しました。じっさい、風景をたんなる風景描写ではなく、主人公が生きるうえで欠かすことのできない条件として描いてみせる小説はどんどん数を減らしています。

正太郎が晩年に書いた小説『原っぱ』に次のような場面があります。

《自分の、少年時代の思い出がきざみつけられている原っぱを茫然と見て、感傷にふける年頃ではなかったが、ただ何となく、空恐ろしいおもいに抱きすくめられた。

「牧野……おい、牧野」

「う……」

「どうした？」

「何でもない」

「ねえ、これから、東京は、どうなって行くのだろう？」

「東京なんて、もう無いのも同然だよ」》

（『原っぱ』）

やがて牧野は、「仕方がない、旅をしているつもりで暮そう」と思うようになる。不安定な心を抱いて日々をやりすごすほかないというのです。

驕れる者は久しからず。驕らぬ者も久しからず。「万物流転」の言葉どおり、この世の中には不変なものなどひとつもありません。『ガリバー旅行記』の著者で、風刺家としても名高いジョナサン・スウィフトの言葉を借りれば、「およそこの世の中で変わらないのは、変わるということだけ」です。かつて森鷗外がいったように、大都市・東京はいつも「普請中」なのです。その目まぐるしさはいまも変わりません。

『原っぱ』は、正太郎の最後となった現代小説ですが、これはまた東京への挽歌でもありました。夕暮れどき、みんなが帰ってしまったあと、ひとりでかくれんぼしている子どもの淋しさが全編にただよっています。

ここでいう「原っぱ」は余裕のメタファー（隠喩）なのですが、正太郎の分身である牧野は、東京はもう情趣を失ってしまったのだから、「仕方がない、旅をしているつもりで暮そう」と自分に言い聞かせるようになります。

東京の惨状を目にして落胆するものの、大げさに心情を吐露するわけではない。悲哀はあっても、呪咀はない。ただ「東京なんて、もう無いのも同然だよ」とつぶやくだけでした。

《情趣をともなわぬ風景の中に暮していれば、当然、人間の心にも情趣が失われる。
高度成長と機械文明に便乗し、際限もない、そのひろがりに慣らされてしまった私どもは、いずれ近いうちに、高い付けを突きつけられるだろう》

（「絵を描くたのしみ（下）」『日曜日の万年筆』）

正太郎が最後の砦（とりで）として依拠したのは、季節の詩情でした。

山川草木は四季によってさまざまな表情を見せる。風が季節をはこび、日光や雪や雨は大地をはぐくむ。そして、花鳥風月は人の心を慰撫（いぶ）する。こうした想念が正太郎にはありました。正太郎の小説に花鳥風月が顔をよくのぞかせるのはそのためでした。

季節に寄り添う

東京論というと、東京は砂漠のように殺伐とした非人間的な都市になったという見方が主流ですが、正太郎はそうした論調に埋没することがなかった。

季節——世相は転変しても、これだけは変わらない。季節は日本人に普遍的な情感を抱かせる。

正太郎は〝新しい町〟のなかに、変わらぬ花鳥風月や風色を見いだしては四季の「移ろい」をたのしんだのでした。小説に登場する人びとの酒食のありさまがでてくるのも、「季節感を出したい」がためでした。

もとより正太郎は、自然に親しむのが好きでした。海よりも山が好き。若いころから、休みがとれると、日本各地の里山を歩きました。植物分類学の世界的権威・牧野富太郎のことを書いているのも（「牧野富太郎」『武士（おとこ）の紋章』）、氏の生涯だけでなく、季節の移ろいをあらわす植物に興味があったからでしょう。

わたしたちは、時間を告げるものは時計だと素朴に思い込んでいますが、時計がない時代の「時の流れ」は季節の移ろいで感じるほかありませんでした。

『古今集』にも見える「うつろふ」という言葉は、時が過ぎる、色変わりして褪せる、花や葉が散り失せる、ひとの心が変わる、といったような意味ですが、日本人は古来より、時間の経過にともなう物心両面の変移を「うつろふ」という言葉であらわしてきました。

移ろいといえば、まず季節に指を折らなくてはなりません。春から夏にかけては出会いと生成があり、秋になると円熟と翳りが予感され、冬は衰滅の時期と相成ります。それも遠くにある大自然の移ろいではありません。人里で感じられる、季節の小さな移ろい。

池波小説においては、言葉のうちに季節が立ちあがっている。「うつろふ」ものに対する無常感覚が鋭敏で、花鳥風月に抱かれながら物語の変転をたのしむことができます。文化の根底には美意識が横たわっており、その美意識の背景には、またげんとして風土や風色がひかえていることをおのずと気づかせてくれます。

季節にたいするイメージがある。春なら花、夏はほととぎす、秋は月と紅葉、冬なら雪といった具合に、日本人の花鳥風月にたいする見方や接し方には、時代を超えた普遍性があります。

季節という糸口をほどいて、作品の内実に分け入ってゆくと、作中人物の境遇の変化と響き合う花鳥風月がちゃんと用意されている。正太郎はそうした小説家でした。

しかるに、作家のなかにはそうではない人たちがいる。人間関係にがんじがらめになっている物書きには、そもそも風景や季節へのまなざしがありません。季節感が稀薄であることはなはだしい。たとえば、夏目漱石、太宰治、坂口安吾、三島由紀夫の小説などがそうですね。

夏目漱石は、稲の苗を知らなかったというエピソードがあります。友人の正岡子規が『墨汁一滴』のなかでこう書いている。

学生時代、二人は早稲田あたりを歩いていた。六月ごろだったので、水田には植えられたばかりの苗が風にそよいでいた。

「この時余が驚いた事は、漱石は、我々が平生(へいぜい)喰う所の米はこの苗の実である事を知らなかったという事である」

正岡子規は松山（愛媛県）から東京に出てきた田舎出身者で、「草花は我が命なり」というほどの花鳥風月好き。のちに歌人になります。他方、漱石は牛込馬場下（現在の東京都新宿区喜久井町）生まれの都会っ子。勤勉で、晴耕雨読ならぬ晴読雨読の人。花鳥風月には興味なし。その後、松山、熊本と地方都市で暮らすうちに草花にくわしくなりますけれど。

三島由紀夫には、松の木を知らなかったという挿話があります。

ドナルド・キーンが三島の取材旅行に同行したとき、松の木を指さして、居合わせた植木屋に「あれは何の木か」とたずねたという。びっくりしますね。三島はかつて「あなたの長所は？」と訊かれ、「勤勉」と答えていますが、その勤勉さは花鳥風月のほうへは向かなかったようです。

漱石の書くものには諧謔の巧緻を、三島には神殿を想わせる文章建築の粋を感じますが、作品に〝しっとり〟したところがない。二人とも抜群に頭がいいという印象ばかりが先行しますが、それは二人が花鳥風月にさほど興味がなかったということと無縁ではないような気がします。

そこで、正太郎の『剣客商売』をめぐってみましょう。

春は、鶯がさえずり、桜が舞い、苗売りの声が聞こえる。夏には、燕がやってくる。やがて柚の花が咲き、水鶏が鳴き、法師蟬が声をあげる。秋になれば、豊旗雲が浮かび、虫がすだき、鵙や椋鳥や鶲が鳴きこめる。冬ともなれば、神田明神の年の市がひらかれ、鶴があつまり、鷦鷯がさえずる。物語が花鳥風月と交感し合うのです。

作家が花鳥風月を見いだすと、こんどは花鳥風月が作家に何かをうながす。花鳥風月は審美的であると同時に実用的でもある。そのとき読み手は、花鳥風月が作品の懐へといざなってくれる使者であることに気づかされます。自然と人間は気脈をつうじ合った間柄なのです。じっさいの文章にあたってみましょう。

《何処(どこ)かの木の上で、鵙(もず)が鋭く鳴いた。
秋山大治郎を囲む三人の浪人者の刃(やいば)が、晩秋の午後の日ざしに煌(きら)めいた》

（「秘密」『剣客商売』）

これが物語の書きだしです。「小説は最初の三行が大事なんだよ」とつねづねいっていただけあって、見事ですね。

鵙の高鳴きをもって、秋の舞台が設定される。鵙というのは秋に鋭く高鳴きをしてなわばりを確保しようとするのですが、このことが後続文や物語の色調とうまく溶け合わさっています。物語への興趣はいやおうなく高まりますね。

次は、これも作者が大事だという最後の三行を別の作品から抜きだしてみましょう。

《二十一歳になった佐々木三冬(みふゆ)の、かたく脹(は)って、こんもりとふくらんだ乳房にふれたときの、お雪の驚愕はどのようなものであったろうか……。
それは、鶯(うぐいす)の声ものどかな、春の昼下りのことであったという》

（「三冬の乳房」『剣客商売』）

美貌の女剣士・三冬、二十一歳。そのこんもりとした乳房。その三冬に恋情をくすぶらせ始めているお雪の手。そのお雪の驚愕に、のどかな鶯のさえずりがかぶさる。ういういしい情景が浮かんできますね。

正太郎は季節感をだすために、四季折々の様子を丁寧に書き込みました。花鳥風月への愛情、山川草木への思慕、旬の食べ物へのいつくしみ……。もちろん、天候のことも小まめに書き入れています。

ところで、『剣客商売』は降水確率が高い、ということをご存じでしょうか。

「狐雨」や「時雨蕎麦」など、雨にちなんだタイトルもありますが、全八十七話のうち、雷雨、霧雨、驟雨（にわか雨）など、なんと六十話において、いろいろな雨や雪が降っている。歴史学者の山室恭子さんが『歴史小説の懐』のなかで、ちゃんと数えあげてくれています。

翳りを帯びた人生の断面や陰々滅々とした気持ちのときは、だいたいにおいて外は雨にけぶっている。雨は、読み手を作品の懐へといざなってくれる小道具でもあったのです。

正太郎は、変わらぬ花鳥風月を見いだしては物語のなかにそっと置き、その「うつろひ」を読者とともにたのしんだのでした。そして、それはまた、古来より伝統的系譜をもつ「花鳥風月を描く物語作家」の証しでもありました。

師弟の様子

長谷川伸という良心

正太郎が終生、師と仰いだ恩人は長谷川伸（本名・伸二郎）です。一八八四年（明治十七）生まれの、大衆演劇および大衆文学の先駆者です。『瞼の母』や『一本刀土俵入』などの作品で一時代を築き、「義理」と「人情」、「含羞」と「廉恥」の大切さを日本人にわからしめた人です。

戯曲の〔二十六日会〕と小説の〔新鷹会〕（最初の名称は〔十五日会〕）というふたつの勉強会を主宰、村上元三、山岡荘八、山手樹一郎、戸川幸夫、平岩弓枝など、錚々たる人たちがその膝下から輩出されました。

正太郎が「わが師」と呼ぶ長谷川伸はどんな人物だったのか。

「人は自分の愛する人からだけ学ぶものだ」というテーゼをあてはめれば、長谷川伸は多くの門弟にこよなく愛された文学の先生であり、また人生の師でもありました。

苦労人でした。三歳（数え年で四ツ）のときに母親と生き別れ、小学校は二年で中退、字は木のかけらで地面に書いて覚えたといいます。

横浜ドックの工事請負人の現場小僧など、数々の肉体労働に従事しました。頰に平手打ちをしょっちゅうくらいながら仕事をおぼえ、喧嘩沙汰は日常茶飯事、掏摸や博徒とのつきあいもありました。「切った張った」の世界に身をおき、拳銃や匕首を持ち歩いていたこともあった。遊女屋に出入りするようになると、いわゆる悪所といわれるようなところのちょっとした顔にもなっていきます。

がしかし、きわめて多岐にわたる広範な人びとと出会ったおかげで、わずか二十歳にして、人の世の有為転変を知り、世故につうじる男になりました。のちにある芸者のことを、自分よりもさらに無学だったが、その人は自分よりも高いものをもっていたと評するなど、人間の正味を看取する目をやしなっておりました。

三年間の軍隊生活を経て、「横浜毎朝新報」や「都新聞」の記者になります。新聞記者といっても、現在われわれが考えているそれとはだいぶ違います。和服に袴姿で、懐に短いのを一本仕込んでいるような新聞記者。いわゆる「羽織ゴロ」です。「横浜毎朝新報」時代の長谷川伸の前任者は、前科もちの窃盗犯で「神狐小僧」と異名をとるような人でした。

そういう荒っぽい人たちが新聞記者をやっていた。その意味では、長谷川伸にとっては居心地がよかったのかもしれません。とはいえ、文章を書くのが仕事ですから、見様見真似で腕をあげていきます。

同僚の記者が書いている連載小説を、天井を食べさせてくれるというので手伝ったのが、はじめての小説執筆となりました。三十歳ごろからぽつぽつ小説を書き始めると、芥川龍之介や菊池寛の目にとまるようになり、高い評価をちょうだいします。

そして、一九二八年（昭和三）に戯曲『沓掛時次郎』が発表され、沢田正二郎の新国劇によって初演されるや、たちまちのうちに人気を博し、舞台のみならず映画化もされ、一本独鈷の旅すがらを描く〝股旅もの〟というジャンルが日本中に知られるようになります。

「股旅もの」という言葉は、一九二九年（昭和四）に発表した戯曲（股旅草鞋）に始まるといわれていますが、一般に広く浸透したのは映画『沓掛時次郎』（一九二九年、主演・大河内伝次郎）が封切られてからのことです。

股旅ものはいったい何を描いていたのか。

武士でもない、市井の庶民でもない、まっとうな生活からはみだしてしまった一匹のやくざものが、一宿一飯の渡世の義理にがんじがらめになりながらも、弱いもの、幸薄い女や幼い子どものために命をかける。そんなしがない旅烏の哀しい仁義（あるいは辞儀）を惻々と描きだしております。

評論家の佐藤忠男は、長谷川伸という人物をこう評しています。

《長谷川伸は、「万国の労働者よ団結せよ」というスローガンには加担しなかったが、「万国の貧乏人、流れ者、そして娼婦やスリのようなあわれな者たちはすべて兄弟のようであるべきだ」ということなら信じていたようである》

（佐藤忠男『長谷川伸論』）

社会の底辺で暮らす人たちを励まし続けた人、それが長谷川伸です。

作品世界に流れる通奏低音は、人目につかない陰徳、隠された人情にあるわけですが、長谷川伸こそがまさにそうした「良心の人」でした。

作家になってからの長谷川伸には、我欲というものが見あたらない。いささかの惜しみもなく、自分がもっているものを他人に分け与える。困窮する人びとに援助の手を差しのべ、見返りはいっさい求めない。こんな日本人がいたのかと思われるほどに利他的です。

こういう長谷川伸ですから、親にもまさる慈愛をもって、名もない作家や役者の面倒をみました。まさに「学びて時にこれを習う亦説ばしからずや」の伝で門弟の育成にあたったのです。

また、自分の懐からお金をだして「大衆文藝」という同人誌を発刊、後進の文学者に発表の場を与えました。新田次郎や邱永漢（きゅうえいかん）などもここで育っています。

創造の源泉

正太郎は戦時下、〔駆足〕〔休日〕〔雪〕〔兄の帰還〕等、幾篇かの習作を雑誌などへ投稿しています。〔雪〕は、桜田門外の変の際、唯一、薩摩藩から襲撃に加わった有村次左衛門を描いた時代小説の処女作です。

おもしろ半分で始めた投稿でしたが、入選すれば自分の作品が活字になり、そのうえに賞金がもらえるとなれば、うれしくてたまらない。

一九四七年（昭和二十二）、〔南風の吹く窓〕という作品で、正太郎は読売演劇文化賞に佳作入選します。そのときの選者のひとりが長谷川伸でした。それだけのことで、劇作の指導を直接うけたいと思い、長谷川伸に手紙をだします。

紹介者もいません。叔父（母の弟）が、伸の関与していた大衆詩誌「街歌（がいか）」（のち「大衆詩」と改名）の編集等にたずさわっていたこともあり、子どものころから長谷川伸を知っていたのですが、そのころ叔父はすでに伸のもとを離れていました。

丁寧なお返事がきて、会えることになりました。

その日は終戦からちょうど三年目、太陽がじりじりと照りつける夏の暑い日でした。

二本榎にある家の前まで来たはいいが、「気おくれがして門の中へ入れず」、何度も行ったり来たりしたそうです。

よほど緊張していたんですね。しまいには「小水がもりそうになってしまい」、そばにあった明治学院の便所へかけこみ、用をたし、水で顔を洗ってから、思いきって門をくぐりました。

《先生は、どこかの会合から帰られたところだったが、コチコチになっている私を見ると、

「君。らくにし給え」

こう言われて、いきなり下帯ひとつになられた。それで、私もいくらか気がらくになり、いろいろと話しはじめたのである》

（長谷川 伸『新年の二つの別れ』）

正太郎の話を聞き終えた長谷川伸は、次のようにいったそうです。

「作家になるという、この仕事はねえ、苦労の激しさが肉体を損（そこな）うし、おまけに精神がか細く鋭くなってしまうおそれが大きいけれども……男のやる仕事としては、かなりやり甲斐のある仕事だよ」

そういうや、「ま、いっしょに勉強しようよ」ときっぱり結んだ。

ふつう、「いっしょに勉強しよう」とは、なかなかいえませんよ。相手は戯曲をかじり始めたばかりの小僧ですからね。

念願かなって、正太郎は長谷川伸の門人になります。

伸の主宰する演劇・脚本の研究会〔二十六日会〕にまず入会し、その後、小説の研究会〔新鷹会〕にも参加します。伸の指導を受けるようになると、正太郎は勝手に「図書借返帳」なるノートをつくり、万巻の書をおさめた書庫から片っ端から借り受けるのでした。

正太郎は高等教育の世界とは無縁でしたが、小学校を卒業するとすぐに株屋の小僧として働き、読書や映画、歌舞伎や芝居などをつうじて、人間社会の実相を目のあたりにしておりました。

ですが、長谷川伸ほど、正太郎の人間観に影響を与えた人物はいません。正太郎にとって、伸はいわば「人間学」の教授であり、さまざまな啓示を与えてくれる大きな図書館でした。

昨今、アーティストと呼ばれる人たちがよく口にする「インスピレーション」（啓示）は〈イン＋スピリット〉、すなわち「意欲を吹き込むこと」の意ですが、正太郎にとって、長谷川伸の思念や言動のひとつひとつがインスピレーションの源泉でした。

師弟関係

台東区（東京）にある〔池波正太郎記念文庫〕に一幅の掛け軸が展示されています。

> 観世音菩薩が一体ほしいと思ふ
> 五月雨ばかりの昨日今日

長谷川伸から正太郎に贈られた書です。

正太郎は当初、芝居の脚本家としてやっていくつもりでした。

しかし、「芝居の脚本だけでは、とても食べて行けはしないよ。ぜひにも小説が書けるようにならなくてはいけない」と執拗に伸にいわれ、三十歳のころ、しぶしぶ小説を書き始めます。

ところが、なかなかうまくゆかず、苦悩する日々がつづきます。

長谷川伸は、池波正太郎という人間を読んでおりました。

芝居の脚本といっても、ただ物を書いていればよいというものではありません。多くの人間の思惑や利害がからむので、一種の政治力のようなものも必要だし、社交性や協調性もそなえていなくてはならない。果たして、血気さかんで、協調性をいちじるしく欠く正太郎にそれができるのか。

長谷川伸は、欠点を矯正するのではなく、美点を見いだし、それを伸ばすことに秀でておりました。伸は、正太郎の性格を読み抜いて、小説を書くようにすすめたのにちがいありません。伸の、その人間を見る透徹した眼力には感服しないではいられません。正太郎の苦悩は、小説家としてひとり立ちするために、伸があえて与えた試練だったのです。

小説を書き始めた正太郎は苦しみました。

すっかり自信をなくした正太郎は、ひょろひょろと師のもとを訪ねます。すると伸は、「ぼくだってだれだって、みんなそうなんだよ、元気を出したまえ」と励まし、ここに観音像のひとつもあればすがりつきたいほどだ、という小説家の懊悩を詠んで正太郎を奮い立たせたのでした。

長谷川伸（右）と池波正太郎
池波正太郎記念文庫所蔵

正太郎にとっての観世音菩薩は、長谷川伸その人でした。正太郎が長谷川伸という師をもったことはほんとうに幸運でした。

柳田国男と折口信夫の関係など、師弟に横たわる愛憎を数えあげたら枚挙にいとまがありませんが、正太郎は師につくことによって受ける掣肘の災いとは無縁でした。

師弟の関係は、じつに難しい。

つねに愛憎を胚胎するからです。師匠と弟子のあいだには、抜きさしならぬ競合と背反が見え隠れするものですが、長谷川伸は「自分には厳しく、他人には寛容」を地でゆく大きな人物でしたから、正太郎は陰湿ないじめにあうこともありませんでした。

じっさい、長谷川伸は「人物」というにふさわしい男でした。弟子のために自分の時間を割き、粉骨砕身して面倒をみるばかりか、そのことにたいして見返りをいっさい求めなかった。

正太郎は師弟関係の恩恵に浴しましたが、自身は生涯をつうじて弟子をとろうとしませんでした。それは長谷川伸のような寛大さを、弟子にたいして持ち得ないということを自覚していたからにほかなりません。

正太郎は、人が思うように動いてくれなかったり、約束を反古にしたりすると、すさまじい剣幕で怒ったそうです。それで関係がぎくしゃくすることもあった。ものごとにたいする好悪が激しく、気に染まぬものへはひどく無愛想でした。せっかちで、気もまた短い。くわえて、日ごろより柔和というよりむしろ仏頂面で、にんがりとした表情が顔にくっついていることが多かった。これでは人はそばに寄ってきませんね。そうしたことを自覚していたこともあって、自分は師というものにはなれないと思いきわめていたようです。

師弟関係のツボ

師弟の姿が、日本から消えて久しい。

とりわけ現代では、師はいらぬものという空気が蔓延しています。日本が近代化されるにつれて師は放逐され、弟子は〝自分さま〟になっていきました。人格涵養の場がなくなり、人間関係の非人情が闊歩しはじめたのは、師弟関係が消滅したからだといっても過言ではありません。

長谷川伸は、あえて「師弟」という言葉もつかわなかった。上下の関係を弟子に意識させないばかりか、門下生には「ぼくのことを先生とか、君らが弟子とか、そんなことを思わないでくれ」と伝え、人に紹介するときは「僕と文学を勉強している若い仲間」という表現を好みました。

しかし、〝若い仲間〟たちは長谷川伸の弟子であることを隠そうとはしません。誇らしげに「先生の弟子です」と胸をはる。こうした伸の人となりを評して、門下生のひとりである山岡荘八は「稀に見る市井の聖者」だと述べている。

身近な人によると、ざっくばらんな席でも正太郎は、長谷川伸のことを敬意を込めて「先生」と呼んでいたそうです。そして、師を語る言葉にはつねに畏敬の念がこもっていたといいます。

「師匠」であることを認めない師と、「弟子」であることに誇りをもつ門人。〔新鷹会〕は、こうした理想的な〝師弟関係〟で結ばれていました。

昨今、「おれは師匠を超えた」などという弟子の言葉を耳にすることがありますが、まったく義理を欠いた言い草です。「超える」という発想がそもそもいけません。そうした言いっぷりは、成功なり業績なりを念頭においていっているわけで、師弟関係のありように想像がおよんでいないのです。

師は、超えるとか超えないとかの存在ではありません。弟子が師を上まわるような実績をおさめようとも、それは師匠あってのものだねなのです。たとえ、途中で別の道を歩んだとしても、そしてその後の成功でさえも、もとはといえば師との邂逅（かいこう）と別離に負っているのです。

正太郎がまぶしく見えるのは、自分の業績をうんぬんすることなく、ひたすら師・長谷川伸を敬ったことにあります。

遺されたもの

長谷川伸から学んだ人生の機微や処世の極意を、正太郎が旺盛に作品のなかに取り込んだことはあまり知られていません。

正太郎は長谷川伸の言葉をノートにメモしていますが、一九五五年（昭和三十）の勉強会ではこう記しています。

「人間というものは、ふだん悪い奴でもセッパ迫ると善いことをする。またふだん善い奴でもセッパ迫ると悪いことをする。そして、ふだんはいいことも悪いこともしている」（「二十六日会聞書」『完本　池波正太郎大成』別巻）

また、すぐこのあとで、正太郎は「人間というものは、もって生れた本能や慾望の動きを制し切れない弱いところがあるのだ」との感想をメモ書きしています。

師のこの言葉は正太郎のなかに残り、発酵して、次のような言葉となって結実します。

《「人間というやつ、遊びながらはたらく生きものさ。善事をおこないつつ、知らぬうちに悪事をやってのける。悪事をはたらきつつ、知らず識らず善事をたのしむ。これが人間だわさ」》
（「谷中・いろは茶屋」『鬼平犯科帳』）

《「人間とは、妙な生きものよ。〈中略〉悪いことをしながら善いことをし、善いことをしながら悪事をはたらく。こころをゆるし合うた友をだまして、そのこころを傷つけまいとする。ふ、ふふ……これ久栄。これでおれも蔭へまわっては、何をしているか知れたものではないぞ」》

（「明神の次郎吉」『鬼平犯科帳』）

善悪にたいするこうした考え方は、小説の主人公・長谷川平蔵の人間観になっています。

『仕掛人・藤枝梅安』シリーズには長谷川伸を彷彿とさせる津山悦堂という人物がでてきます。悦堂は、梅安（幼名は梅吉）の育ての親であり、鍼治療の師匠であり、渡世の恩人です。

折にふれて、梅安は、いまは亡き先生の片言隻句を思い浮かべるのですが、そのひとつに「いいかな、梅吉。よくおぼえておきなさい。恩というものは他人に着せるものではない。自分が着るものだということを、な……」（「秋風二人旅」『殺しの四人』）という印象深い言葉があります。

この処世訓は、師弟関係の要諦であると同時に、長谷川伸と池波正太郎の関係を述べたものでもありました。さらにいうと、これは正太郎の脳裡に浮かんだ知恵の言葉ではなく、長谷川伸の遺した訓戒でもあったのです。

長谷川伸は、具体的かつ本質的な話をよくしました。ふたたび正太郎のノートを開いてみましょう。


《僕んとこへもずい分人が来ているが、名前が出て筆で飯が食えるようになると、もう寄りつかなくなるものがいる。

T君（仮名）もその一つ。まだまだ沢山いる。その人それぞれ世に出してやり、危いところを救って名の残るようにしてやったこともあるが、みんな出ていったものはそれっきりさ。うちのかみさんなんか口惜しがるがね。僕はなんとも思ってない。

くやしいともなんともおもわない。

あいつら、世に出たんだから恩は返してるっていうのさ。だがね、僕みたいな気持には仲々なれるもんじゃないよ。これは一通りで、平気になっていられる心境にはなれないもんだよ。

（その人たちの気持がわかりません。私など、それ一つを頼りにつらいことをがまんして勉強しているのに――）

「人、さまざまだアね」

「恩」ってものは着せるもんじゃないよ。しかし「恩」ってものは着るもんだよ。この二つをよくおぼえといでよ》

（二十六日会聞書）『完本　池波正太郎大成』別巻）

カッコ内の言葉は正太郎のつぶやきです。没後に刊行された『石瓦混淆』（のちに中公文庫）という本のなかにも「恩は着るもの着せるものに非ず」（収拾録遺）という一文が見えることからすると、この文句も長谷川伸から授かった処世訓であったようです。

勝手に動きだす登場人物

小説骨法にも長谷川伸の影響が見られます。『鬼平犯科帳』を瞥見（べっけん）してみましょう。主人公・長谷川平蔵が小体（こてい）な料理屋の小座敷でほろ酔い気分になり、さてこれより腹ごしらえをしようというときのこと。となりの座敷から、聞き覚えのある声がする。

《となれば、なつかしさにたまらず、すぐにも襖（ふすま）を開けて、

「おい、又四郎。どうしていた？」

声をかけねばならぬはずだ。

しかし、平蔵はうごかなかった》

（「霜夜」『鬼平犯科帳』）

スリリングな叙述です。平蔵は動きませんでしたが、物語がじわりと動く気配がします。この場面について、正太郎は次のように述べています。みずからの小説作法について語った貴重なインタビューです。

《鬼平が昔の友人だと知りながらなぜ声をかけないのか。なぜ尾行するのか……その先のことはまだ何も分ってないんです。それでも、ともかくそこまで書いてしまう。〈中略〉ま、たいていの場合は、ここまで書いたら書くのをやめてしまう。寝てしまったり、他の仕事にかかったりね。〈中略〉こんなふうにして五枚、六枚と書きすすめるうちに、人物の性格が生まれ、動き出すんです。そうなってくればしめたもので、その人物の歩くままに歩かせるし、そこにテーマが浮き上ってくるわけですね》

（「書く楽しみと苦しみ」『鬼平犯科帳の世界』）

プロット（筋立て）ができていなくても、情景を少しずつスケッチしていけば、情景はやがて状況となって物語の輪郭ができていくとの考えを披露しています。

この叙述法は正太郎に味方しました。プロットやキャラクター（人物造型）をまったく考えずに書く小説家はいないでしょう。でも、それらを重視しないほうが、おもしろい小説になる。じっさい、プロットなんてものは、いざ書き始めてみれば、嵐のなかのパラソルほどの役にも立たないのではないでしょうか。凡庸な小説家はプロットを重視しますが、熟練のストーリーテラーは叙述の積み重ねがプロットを構成してゆくと考えているようです。

正太郎は、作中人物を自分の思いどおりに操ろうとはしていなかった。それどころか、自分が創出した人物を原稿用紙の上に解き放ち、彼らの言動を作者が叙述してゆくという態度をとった。

『鬼平犯科帳』の〔五月闇〕で密偵・伊三次が殺されたとき、作者のもとへ、「何故、死なせた」とか、「仕方ないから、伊三次のお通夜をしました」などという読者からの手紙が届いたそうです。そのことを正太郎は「作者冥利に尽きることだ」としつつも、自分の力ではどうにもならぬことだとの胸中を明かしています。そこへ作者が立ち入ると、「不自然」なものになってしまうというのです。

書きながら物語が創られてゆく。ときとして、展開に作者が追い抜かれ、あわてて作者がそれをスケッチする――そんなふうに見えるときがある。

ためしに、自分が創作した人物を浅草雷門から吾妻橋を渡らせ、向島まで歩かせてみましょう。道すがら何に関心を寄せるのか。どこに立ち寄るのか。誰に声をかけるのか、またかけられるのか。こうしたことを書き込むことによって、登場人物の性向や生活感情が浮きあがってきます。

いまや池波正太郎は「小説の行く手も知らずに書き始める作家」として知られていますが、じつはこれもまた師匠から伝授された手法でした。

長谷川伸は、次のような小説骨法を披瀝しています。要約してみます。

「書き出しが大事」なのと同じく、物語の「結びも大切なもの」だが、書き始めるときに、この結びというものを私は考えたことがない。「書いている途中作品がどう変ってゆくか、私にも分らない」。というか、小説の場合、「主人公がどう云う心理過程を辿るか」は、そもそも「作者にも分らない」ものではないだろうか（〈小説・戯曲を勉強する人へ〉『石瓦混淆』）。

正太郎は、長谷川伸直伝の書き方を学び受け、これを自家薬籠中のものとします。そして、精進の甲斐あって、正太郎は一九六〇年（昭和三十五）、直木賞を受賞します。

長谷川伸は、正太郎のまえでは祝福の気持ちをあらわにすることがなかったようですが、夫人のまえではたいそう喜んでいたことが伝えられています。

そして、その三年後（昭和三十八年）、偉大なる先師・長谷川伸は他界します。

すると正太郎は、秋の木の葉がはらりと大樹から離れるように〔新鷹会〕からそっと去っていきました。

永遠の長谷川伸

正太郎にとって、亡師はかけがえのない存在でした。いまの自分があるのはすべて先生のおかげだと強く思い込んでいた。長谷川伸だけが永遠でした。

たしかに、長谷川伸を師にもたなかったら、小説家・池波正太郎は生まれていなかったかもしれない。それほどまでに、正太郎にとって、長谷川伸との出会いは決定的なものでした。

生涯をつうじて敬える師をもてたことは、人生最良の僥倖でした。それゆえに、正太郎は師をもてたことの有り難さをくりかえし述べています。

さて、秋山大治郎と聞けば、ここにお集まりのみなさんはご存じでしょう。そう、『剣客商売』の主人公・秋山小兵衛の息です。

巌のようにたくましい体軀。浅黒く鞣革を張りつめたような照りのある肌。濃い眉の下にある強い光を凝らせた眼。小兵衛が「柔」ならば、大治郎は「剛」。小柄な体格で世故に長けた融通無碍な父親とは大分に違い、大治郎は「図体は大きくとも、まだ世の中の裏表を知ってはいない」、いわば生一本の〝朴念仁〟です。ですが、世上の風に吹かれるうち、大治郎は一流の剣客になり、人間的な奥ゆきを深めるようになり、挙措礼譲をわがものにしていきます。

大治郎が多くの徳を身につけることができたのは、耳朶を打った師の言葉と、厳しい稽古によって無言のうちに教えてくれた師の立ち居ふるまいを謙虚に受けとめたからにほかなりません。

大治郎は幼いころより、父・小兵衛の厳しい稽古を耐え抜き、十五歳の折、父の師匠である辻平右衛門が隠棲する京都郊外・大原の里に修業に出向き、そこで小兵衛と並んで辻道場の「竜虎」と称された嶋岡礼蔵の薫陶を受けている。このことが大治郎を一廉の人物に仕立てあげるのです。

池波小説にでてくる主人公は、たいてい「師」というものをもっている。『鬼平犯科帳』の長谷川平蔵には高杉銀平、『剣客商売』の秋山小兵衛には辻平右衛門、『仕掛人・藤枝梅安』の梅安には津山悦堂、『秘伝の声』の白根岩蔵と成子雪丸には日影一念という師を配しています。

剣の修業、人間成長の物語には、きまって師弟関係が描かれている。そこに描かれているのはたんなる勝負の顚末ではなく、師弟の様子、葛藤や苦悩の深奥をえぐる求道小説といった趣をただよわせている。このことは、池波文学を語るときに見過ごしてはいけないところだと思います。

師は小言をいい、苦言を呈し、意見する。

師をもたなかったら、おそらく正太郎は長くひとりよがりの文章を書いていたにちがいない。世に出られなかったかもしれない。しかし、師をもつことで、自分やものごとを相対的に眺める眼を手に入れることができた。だから、正太郎はうぬぼれて天狗になることもなかった。

正太郎は、長谷川伸を評して、自分を冷たく突き放して見つめることを絶えず自分に言い聞かせているようなところがあった、と回想していますが、それはすなわち世阿弥のいう「離見の見」につうじるものでした。

「離見の見」とは、演者が自分から離れ、客席から自分の姿を見ることをいうのですが、長谷川伸は客観的な視点を用意して自分を眺めることで、自己を相対化する術を身につけておりました。そうすることで、傲慢や独善から自分を遠ざけていたのです。正太郎もまた、長谷川伸と同様、ついに「離見の見」をわがものにして、うぬぼれや尊大を寄せつけませんでした。

最後に、正太郎の、師・長谷川伸を敬仰する文章を要約して披瀝しましょう。

――先生の指導を受けるようになると、書庫の本を勝手に見せてもらったり、いまから考えると冷汗の出るような質問をくどくどやったりした。しかし、先生はいつも私に寛容だった。先生は他人には寛容だったが、自分には厳しい人だった。「絶えず自分を冷たく突き放して見つめることを忘れるな」ということを無言のうちに教えてくださった。
先生が教示してくださったものを記したノートは七冊にもおよぶ。そのノートを私はくりかえし読んでいる。このノートとともに、これからもひとりコツコツと勉強しつづけてゆくつもりだ。

正太郎は人気作家になってからも、「自信と慢心は紙一重だよ」という師の言葉を忘れず、亡師が愛用した煙草盆に日に一度か二度は線香を立て、仕事部屋での自分の生態を見守ってもらっていた。また老境に入ってからは、亡師の思い出をよく語り、語ることで自分への戒めとしていた。長谷川伸の、師としての人間的な器量もさることながら、正太郎の、弟子をもって任ずることのつよい自負を感じないではいられません。

第

話

歴史を見つめる眼

鎮魂の歌

いまでこそ、江戸時代に好意的な視線が注がれていますが、長いこと、江戸は「前時代的な世の中」でした。

明治政府の基本方針を述べた「五箇条の御誓文」の第四条では、「旧来ノ陋習(ろうしゅう)ヲ破リ」と記し、維新以前の習俗を旧弊固陋(ころう)のものとして真っ向から否定しています。そもそも「王政復古」の大号令は、江戸幕府の抹殺を意図したものですからね。

文明開化の流行が終わり、その反動として起こった国粋主義の風潮のなかでも、江戸時代に対する評価は高まりませんでした。

どうしてか。

天皇親政の国体を護持する政治イデオロギーは、徳川家を中心にした武家政治とは相容れないものだったからです。

戦後の左翼による唯物史観が花ざかりのころも、江戸は「封建の世であった」との烙

子母澤寛

印を押されて一顧だにされませんでした。

このような事情があって、近代の魁となった明治維新は、徳川時代の諸悪を一掃させ、万民平等な近代社会を誕生させた歴史的快挙として賞讃されてきました。維新は江戸の呪縛を解いた……ウンヌンカンヌン。講談や浪花節でも、「勝てば官軍」の言葉どおり、勤王讃美の言葉が乱舞し、勧善懲悪が奨励されたのは周知のことです。

そうした流れに、待ったをかけた小説家がいました。明治二十五年生まれの子母澤寛です。『新選組始末記』『勝海舟』『座頭市物語』の作者として文学史にいまも名をとどめています。

幼い彼は、幕末動乱を生き残った祖父のあぐらのなかで、当時の話をよく聞いたそうです。祖父は、幕府瓦解のあと、彰義隊に加わり、五稜郭の戦さにも参じた猛者で、龍の彫りものを背中にもった無頼者（やくざ）でした。

幕末という歴史の評価に対して、子母澤寛は〔幕末研究〕（『幕末奇談』）のなかで次のような見方を披瀝しています。

「しかし、幕末の話くらい、生き残り、あるいは官の要路についたいわゆる官軍の人達によっていい加減に理由づけられ、脚色されたことの多いのも少なくないでしょうね。〈中略〉ここをはっきりしてかからなくては、われわれ多くの幕末史にだまされますよ」

勝者のつくった歴史だけでなく、敗者の言いぶんにも耳を貸さなければ、歴史の真実というものは論じられないというのです。軽々たる調子で語っていますが、その指摘はきわめて重要なものです。

じっさい、敗者への愛惜は、『新選組始末記』や『逃げ水』（徳川家に殉じて、遺臣として節義一筋をつらぬいた武士・高橋泥舟の生涯を描いた作品）などとなって結実しました。後世の人びとが、子母澤寛の仕事を、明治維新の真実を記録した作家としてみなすようになったのは知ってのとおりです。

子母澤寛のこうした歴史認識は、正太郎の歴史を見る眼に大きな変革をもたらしました。正太郎の師匠は長谷川伸ですが、子母澤寛は長谷川伸に創作上の影響を受け、正太郎は子母澤寛に感化されるという関係にありました。じっさい、正太郎は子母澤寛から新選組などに関わる幕末の資料をもらい受けたばかりか、食べものに関する話もくわしく聞きだしています（子母澤寛は『味覚極楽』という本の著者でもありました）。

これはあまり指摘されることがないのですが、明治維新にたいする思念といい、旧幕臣たちへ寄せる感情といい、正太郎は子母澤寛の圧倒的影響下にあります。

ほとんどすべての作品を読破し、鵠沼（神奈川県藤沢市）にある子母澤邸を幾度か訪ねるうち、正太郎のなかで、歴史の見方における変化が生じます。

「正史を精査する」に、「野史にも耳を傾ける」という文学的視点が加わるのです。これによって正太郎の書く歴史小説はよりリアルで、彫りの深いものになりました。

それればかりではありません。「食」のことなど、暮らしぶりの細部を描いて人物を造型してゆく手法さえ、正太郎は大いに学ぶところがあったようです。

『剣客商売』の主人公は、ご存じのとおり、剣術を商売にする秋山小兵衛です。

小兵衛のモデルは歌舞伎役者の中村又五郎（二代目）ということになっていますが、おそらく正太郎は、子母澤寛の雄編『父子鷹』に登場する勝海舟の父・小吉をヒントにして造型したものと思われます。

妾腹の子として生まれた小吉は、歴とした直参旗本ですが、無役で、着流しでとおす無頼の男。柔術、剣術、馬術に巧みで、正義感にかけては誰にも引けをとらない。収入源は、刀剣の見立てと用心棒ともいえる顔によるもの。そのたたずまいは、まさしく『剣客商売』の小兵衛です。

さらにいえば、正太郎の、生活の細部を描いて人間の正味を浮かびあがらせる骨法や、闊達な口調をもって人物を際立たせる筆法は、子母澤寛の得意とするところでもありました。

小さな叫び声

さて、歴史小説の弱点は、その結末が明らかなことだといわれます。がしかし、あえて私見を述べれば、こうした発想こそが浅薄なものではないでしょうか。官製の歴史、いわゆる正史をなぞるのが、歴史小説家の役割ではありません。歴史をどう捉えるか。歴史小説の醍醐味はそこにある。

正太郎もまた、幕末に活躍した志士たちよりも、滅びていった徳川武士たちの小さな叫び声に耳を傾けた小説家でしたが、先に述べたように、こうした文学的態度は子母澤寛の作品に接することによって培われたというのが私の見立てです。

赤穂浪士の頭領・大石内蔵助(くらのすけ)とならんで、正太郎がもっとも好きな人間として挙げた男に、幕末の美剣士・伊庭八郎(いばはちろう)がいます。

さほど名は知られてはいませんが、実在の人物で、幕末史にあって、いまなお瑪瑙(めのう)の石くれのような輝きを放っています。

時流にさからって幕臣としての道をつらぬき、北海道箱館(現在の函館)の戦争で絶命しました(明治二年五月)。

伊庭八郎とはどんな武士だったのか。正太郎の描く八郎を素描してみましょう。

天保十四年(一八四三)に誕生。下谷(したや)和泉橋通りに心形刀流(しんぎょうとうりゅう)剣術の道場をかまえる伊庭家の後継ぎ。剣才にすぐれ、「伊庭の小天狗」との異名をとります。容貌にも恵まれ、「白皙美好」（肌の色が白く麗しい）と評されるほどの美男子でした。

鳥羽伏見の戦い（一八六八年）では、幕軍の遊撃隊士として官軍に立ち向かいます。その後、同志とともに新たな遊撃隊を結成して、新政府軍に一矢報いようとしますが、箱根山崎の戦いで左腕を斬られ、肘から先を切断することになってしまう。しかし、戦意は衰えることがなく、榎本武揚ら旧幕府軍が箱館五稜郭に立て籠って抗戦をつづけているのを知ると、なじみの吉原の遊女・小稲が用だててくれた五十両の金で、プロシャの商船に乗り込んで箱館へ向かう。

到着後、遊撃隊の隊長となると、徹底抗戦を主張、隻腕ながら隊を率いて奮戦。最後まで幕臣の意地を貫こうとするのですが、明治二年（一八六九）五月十一日の激戦で一発の流弾が喉をつらぬき、それが致命傷となって、二十六年の生涯を閉じる……。

伊庭八郎の名が歴史に残らなかったのは、明治維新という濾過器をくぐれなかった「逆賊」だったからです。八郎の生涯は、維新というまばゆい光をたたえた流れのなかで見え隠れする小さな木片にすぎません。

わずか二十六年（数え二十七歳）の短い生涯でしたが、伊庭八郎は、いかにも正太郎好みの人物でした。

「蠟のように色の沈んだ白皙の美貌」の持ち主で、漢詩や和歌をよくし、三味線も弾けば踊りもやる。さらには天稟に恵まれた名剣士でした。

正太郎は四季折々の風流と喜怒哀楽の人情を肴に酒をたのしむ粋人としての一面をもっていましたが、伊庭八郎もまた、若いながら、酒食を愛する洒脱な江戸ざむらいでした。

みずから記した『伊庭八郎征西日記』（将軍家茂の警固のため、五か月に及ぶ西国での暮らしぶりを綴った日録）では、公務や稽古のほか、名所旧跡の様子や食した逸品をこまめに筆記しています。原本は、残念ながら失われていますが、活字化されたものが残っています。

文久四年（一八六四）一月二十一日の日記には、京都の〔澤甚〕という店で食した鰻について、「此家都第一番」（この店は都で一番だ）と絶讃しています。よほど旨かったようで、四月二十五日にはふたたびこの〔澤甚〕から鰻料理を取り寄せて食べています。そんなところにも、正太郎は大いに感じ入ったにちがいありません。

ちょっと脱線しますが、この時代の、上品で流麗なものはほとんど上方にありました。

酒は、伊丹や池田、そして灘などのものが、生産量、そして品質ともに抜きんでていた。酒だけでなく、塩や醤油に油、それから呉服や太物、太物というのは綿や麻の織物のことですが、そうしたものをはじめとして、品質のよいものは京や大坂などの上方から江戸へ運ばれており、それらを「下り物」と呼んでいた。

現在では、東京へ向かう列車を「上り列車」と呼んでいますが、当時は京に上る、江戸へ下る、といっていました。江戸近郊でつくられるものは「地廻り物」と称され、上質な下り物にたいして品質が劣る「下らぬ物」などと呼ばれ、「くだらない」という言葉の語源になったという説があります。

白でもなく黒でもなく

話を戻します。

というわけで、伊庭八郎を主人公にした雄篇『幕末遊撃隊』に、正太郎は格別の思いをもってのぞみました。直木賞を取った三年後、昭和三十八年（一九六三）、四十歳のときでした（「週刊読売」八月四日号～十二月二十九日号）。書くべき人と書かれるべき人が幸運な出会いをすると、こんな傑作が生まれるという好例です。

小説を開いてみましょう。作中、伊庭八郎は、鉄舟・山岡鉄太郎にこう語りかけます。

《「あなたは古いとか新しいとかいうが……去年、慶喜公（だんな）が、わずか一日にして、おんみずから天下の権を朝廷に返上したてまつったことを何とごらんだ？」

山岡は答えない。

「一滴の血も流さず、三百年におよんだ天下の権を、将軍みずからが、さっさと手放したのだ。こいつは、いまだかつて、わが国の歴史になかったものですぜ」
〈中略〉
「こんな新しいことはないと、私は思いますねえ。ここで、薩長の奴らが新しい奴らなら、よくやってくれた、われわれも共に力を合せ、国事にはたらこう……と、こういって来なくてはならねえ筈だ。違いますか？――いや違わねえ筈だと思いますがねえ。
それでこそ、あなたや勝さんのいう通り、新しい日本が生れることになるンだ」》
（『幕末遊撃隊』）

それなのに、薩摩と長州を主軸とする連中は、みずからを「官軍」と称し、幕府の人間を「朝敵」ときめつけて、どちらが善でどちらが悪かをはっきりとさせようとした。そして、むりやりに戦争に引きずり込み、徳川家の滅亡をくわだてた。

明治維新のすべてが光輝なもので、江戸は暗黒づくめだったのか。すべてが「御一新」されたというのは真実か。歴史上の事績にたいして白黒をつけて、すべてを言いくるめてしまう皮相な歴史観こそ、将来の国づくりを見誤る主因となるのではないか。

作者はこうした問いをわたしたちにつきつけます。

伊庭八郎はまた、こうもいってのけます。

《「負けることは、わかっていますが……だが、いいのですよ。徳川が豊臣をほろぼして天下をつかみとったときもそうなんだが……つまり、時世のうつりかわりの境目というやつは大切なものなんでねえ……こういうときに、いろいろな人間が、どのような善と悪と、白と黒とを相ふくんで生きてきたか、こいつだけは、はっきりさせておきたいのですよ」

「わかる、ような気がする」

「このまま、じいっと頭を下げて、官軍のいうなりになってしまえば、奴らのしたことの、全部の全部が、正しいことになってしまいますからねえ」》

（『幕末遊撃隊』）

官製の歴史では見えてこない生身の人間の叫びが、正太郎のペンを借りて語られている。大事を語る正太郎の筆勢は強く脈打っています。

負けること、死ぬことがわかっていながら、伊庭八郎は義勇の人となって、戦いのなかに身を投じた。士道に反して長生きするよりも、信念を保ち、花となって散ることをよしとする。小説のなかで、その心境を問われて、八郎は「ただ、微衷（びちゅう）をつくさんのみ――」とつぶやきます。

微衷とは、意の存する真心のこと。徳川の歴史を単色に塗り込めることだけは断じてさせまいという江戸ざむらいの意気地が八郎の一身にあったということを、正太郎はなんとしても伝えたかったようです。

この作品を書きあげたことで、正太郎の文学的地平はさらなる広がりをみせる。勧善懲悪の呪縛から解き放たれた、融通無碍（ゆうずうむげ）なる筆法を手に入れるのです。

それにしても、直木賞をとったあとの数年後、四十歳前後の正太郎の躍進は、じつにめざましいものがあります。

さて、正太郎は、取材の過程で知り得た伊庭家の末孫から八郎の写真を見せてもらうと、自分のカメラで撮って、それを自宅の書斎に飾り、焼いたもう一枚を、敬愛してやまない子母澤寛にさしあげたそうです。

すると――子母澤翁は、はじめて目にした若き八郎の写真をじっと見つめ、思わず涙ぐんだといいます。御一新の際の悲痛な運命に翻弄された、若き徳川武士へかけた思いのたけが迫ってきたのでし

伊庭八郎肖像。池波正太郎が複写したもの
池波正太郎記念文庫所蔵

ょう。正太郎は、この逸話を〔伊庭八郎の写真〕と題した随筆にそっと書き述べています。

子母澤翁の涙は、自分の後継者として正太郎がひとり立ちしたことを喜ぶ涙でもあったはずです。

子母澤寛は、『幕末遊撃隊』が刊行されたおよそ四年後の昭和四十三年（一九六八）、七十六歳で亡くなりました。

そのとき正太郎は、師・長谷川伸と兄のように慕った子母澤寛に言及して、「このお二人のことだけは、いつもしたわしく、なつかしく」思いだされると語り、これからも「自分がうけた恩恵を自分なりにかみしめ、胸に抱きつづけて生きて」ゆくつもりだと誓ったのでした。

第

話

善人でもなく悪人でもなく

「善」とか「悪」とかいうけれど

善意というのはやっかいな代物（しろもの）です。

「運命のいたずら」という言葉に見られるように、それがきまっていい結果を生むかというとそうではないからです。

では、悪意はどうか。

悪心がきまって醜悪な結末を迎えるかというと、それもまた違うようです。悪意としかいいようのない国家間の駆け引きが平和をもたらしているという現実がげんに存在します。

だから、結果として、善意が人を傷つけたり、悪意が人を救ったりすることは容易に想像がつきます。

オスカー・ワイルドの『ウィンダミア卿夫人の扇』のなかに、「人間を善と悪に分けるなんて馬鹿げている。魅力があるか退屈か、そのいずれかだ」という台詞（せりふ）がありま すが、それにならっていえば、『仕掛人・藤枝梅安』はじつに魅力あふれる小説に仕上がっています。

物語の主人公・梅安は、矛盾そのもの。人の命を助ける鍼医者でありながら、針で人の命を奪う殺し屋です。治療代を払えぬ貧乏人も分けへだてなく診てあげる「仏の梅安」であるいっぽう、金で殺しを請け負う「仕掛人の梅安」です。

香具師の元締・音羽の半右衛門に「こいつばかりは生かしておいても毒を振り撒くだけでございますよ、梅安先生」と懇願されれば、梅安はそいつを地獄におくる。

《ただ本能的に、無意識のうちに、藤枝梅安が体得していることは、

「善と悪とは紙一重」

であって、

「その見境は、容易につかぬ」

と、いうことであった》

（「梅安蟻地獄」『仕掛人・藤枝梅安』）

鍼は人の病いを治すものであるが、使い方によっては人を殺める凶器にもなる。その違いが生じるのは、「紙一重」の思惑でしかない。

梅安に殺しを依頼する音羽の半右衛門もまた矛盾のかたまりのような人物です。表稼業は音羽の料理茶屋〔吉田屋〕の主人ですが、裏稼業は小石川から雑司ケ谷一帯の香具師の元締、江戸における暗黒街の巨頭です。

小柄で白髪頭、ちょこなんと坐っているところを見れば、いかにも好々爺といった風情。梅安宅で掃除や洗濯をやっているおせきにいわせると、「まるで一寸法師に黴が生えたような爺さん」です。

いっぽう妻のおくらは女相撲を見るような大女で、半右衛門が駕籠に乗るときは軽々と抱えあげて乗せてやったり、酔って帰ってきたときは抱っこして布団に寝かしつけてやる。おくらと一緒のときの半右衛門は、さながら甘えん坊の幼児です。

だが、裏にまわれば、元締としての器はとてつもなく大きく、底の深さはとうていはかり知れない。梅安でさえも、「音羽の元締の腹の底は、二重三重になっている。いや、四重底かも知れぬ。私にもあの人の、ほんとうの腹の底は、よくわからぬ」とあきれるほどです。

矛盾のかたまりといおうか、融通無碍といおうか。鷹揚でありながら狷介、親切にして非情、寛大で厳格、温和で冷酷、純情で老獪、慇懃で無礼、恬淡で貪欲、誠実で強引、上品で極道……なのです。

「人助けの仕掛けなんでございます。なればこそ、先生にやっていただきたいので」と平然と人殺しを依頼し、梅安が仕掛けはしないといえば、「梅安先生。この仕掛けは、先生の鍼で、何人もの患者の病いを癒すのと同じことだとおもいますがね」とくどきおとす。

大坂の香具師の元締・白子屋菊右衛門は、江戸へ勢力を伸ばしはじめたとき、半右衛門がなんら反抗の色をあらわさなかったので、半右衛門を見くびったほどです。がしかし、白子屋菊右衛門はまんまと半右衛門の術中にはまり、梅安による膺懲の針であの世へ送られます。

半右衛門を見ていると、人間の自覚とは善人をよそおうことでもなく、悪人ぶることでもなく、自分のなかに巣くう情欲や物欲のあさましさを見つめて恭謙になることだと気づかされます。

梅安と同様、音羽の半右衛門もまた、人間は「矛盾にみちた存在」だとみなしており、善と悪とは「紙一重」であると考えています。

梅安は、相棒の彦次郎にこう話したことがある。

《「善人を救うがために、私たちは金をもらって悪党どもを殺す。仕掛人がすることは悪も悪。もっともひどい悪だ。その悪が悪を殺して善を活かす。万事がそうだとはいえぬが、そうした場合もないではない。だがね、彦さん。人の世は辻褄が合わぬようにできているのさ」

「なるほど……」

「それを、むりやりに辻褄を合わせようとするから、むしろ面倒が起るのだよ」

（「梅安針供養」『仕掛人・藤枝梅安』）


そもそも善や悪は、明確に「それと決まらない」からやっかいなのです。

これこそが悪だと思われる殺人にしても、戦国時代にあっては、敵対する大将の首をとるのが最も大きな手柄でしたし、いまもなお戦争という事態においては人を殺すことが正当化されています。

つまり、どういう行為や意志が善であり悪であるかは、時代や社会の思潮、個人の信念によってずいぶん異なるのです。善悪の基準なんて、そんなあやふやなものなのです。

善とは何か。

あえて定義するなら、所属する共同体の秩序に抵触（ていしょく）しないこと、とまとめるほかありません。もう少しくだいていうと、自分の属する社会の調和を乱さないように「慣習」にしたがって生きることです。ここでいう「慣習」とは、自分が属する社会の伝統的な行動様式のことです。

では、悪とは何か。

悪とは、そうした「慣習」に逆らうことです。

悪に不安と孤独感がつきまとうのは、自分だけが「慣習」から抜け落ちたような感覚をもつからです。だから、悪を実行する人は、心細いがゆえに、他人を巻き込んで悪いことをしたがるのです。悪をおこなう人がみんなと同じように「慣習」にしたがっている素ぶりをこれみよがしに見せるのも、そうした欠損感をおぎなうためでしょう。

あなたは善人か

さて、あなたは「自分は善人である」と思いますか。うふふ。みなさん、首をかしげていらっしゃいますね。

まっとうな大人であれば、おそらく否定するでしょう。大人は「自分には裏表があり、それは他人も同じであろう」ということを知っているからです。

人生を四、五十年もやれば、「人というものは強さと弱さ、勇気と卑怯の二つの面をだれしも持っている」(『おれの足音』)ということを看取するはずですし、「真偽は紙一重。嘘の皮をかぶって真をつらぬけば、それでよいことよ」(『剣客商売』)という処世の術に気づくものです。偽善と露悪のあいだを行ったり来たりしながら、なんとか均衡を保っているのが大人というものです。

目に見えるかたちであらわれた悪だけではなく、心のうちにふと顔をだす悪の存在を考えるとき、誕生から臨終まで、善人をつらぬきとおした人間などおそらく誰ひとりとしていないでしょう。

「慣習」を守ることもあれば、そこから逸脱することもある。それがふつうの人間の姿です。じっさい、まわりを見渡してみても、自分を含めて、みんなけっこういい加減で、魔がさしてずるいことをしたり、たまにいいことをしたりしています。

しかし、そうしたことのいっさいに目をつぶり、自分は丸ごと善人だと思い込んでいる人たちがいる。

分別のかたまりのような人。なんのためらいもなく悪なるものを糾弾して、「みなさん、そうじゃないですか」と同意を求める人。彼らは自分が善と悪の両方をもった存在であるということを認めようとはしない。自分を、善いことのみをする人間だと思い込んでいる。そればかりか、自分の善意はかならず相手の心につうじると信じて疑わない。勇壮苛烈といおうか、軽佻浮薄といおうか。

えてして、こうした人間は鼻持ちならないものです。自分は善人であるという自負があるため、自分の正しさをこれっぽっちも疑わず、おせっかいになり、謙虚さを忘れ、説教を好み、融通のきかない人間になりがちです。くわえて、その動機が善意であるというだけで、いっさいの責任が免除されるものと考えていることも人をあきれさせるのに十分です。

小説の題材として、しばしば善と悪が取りあげられますが、その多くに感興がわかないのは、善人はつねに善いことのみをし、悪人はかならず悪をなしてしまうからです。とりすましていえば、正義の城には陰謀がうごめき、悪徳の谷底にはかぐわしい人情の花が咲くこともあるということに気づいていない。心奥に分け入らぬ幼稚な人間観に小さな嘆息をつかざるをえません。

とくに悪人の描き方がよくない。悪玉はいつも悪いことばかりたくらんでいる。悪人は不満と不機嫌の代名詞であり、理不尽と狷介の象徴として描かれている。その類型化がはなはだしい。

正太郎の小説が、いまもなお成熟した大人たちに愛されている理由は、人の心の奥底には自分でもわからぬような魔物が棲(す)んでいるということを読者に深く感じさせたことにあります。

善と悪を棲まわせている人間

正太郎は、人間を善悪の二色に染め分けなかった。それどころか、一個の人間のなかに善も悪もひそんでいると考えた。

人はある状況のもとにおかれたとき、善悪の枠からはみだすことがある。いかなる状況におかれるかは、個人のはからいでは決まらない。極限状況のなかでは、人は不安定な存在であり、善人にもなれば悪人にもなる。

このことは、鬼平の「人間というやつ、遊びながらはたらく生きものさ。善事をおこないつつ、知らぬうちに悪事をやってのける。悪事をはたらきつつ、知らず識らず善事をたのしむ。これが人間だわさ」（「谷中・いろは茶屋」『鬼平犯科帳』）のつぶやきに言い尽くされています。

こうした言葉に出会うとき、池波正太郎という作家の、人間を見る目の奥ゆきの深さを感じないではいられません。

世上、人間は四捨五入によって人物判断され、それがその人間の特色として語られますが、捨てられた部分もじつはその人間の一部なのです。「あの人は善人だった」といわれる人であっても、十のうち四つほどは悪であったかもしれません。正太郎のペンはそうした四つにまで及んでいる。

完全無欠の善人はいないし、徹頭徹尾ずっと悪人でとおした人もいない。人は善いことをしながら悪いこ

昭和56年撮影。お気に入りのソフト帽

とをするのであり、悪いことをたくらみながら善いこともする。人間は、隣人の不幸に同情するときもあれば、その幸福を憎むこともある。さらにいえば、他人を褒めたりねぎらったりすることで、わずかながら自分に自信をつけたり、いい知れぬ優越感を味わったりもする。

人はもとより一身のうちに善と悪を棲まわせており、人間の行動の大半は、複数の動機によって引き起こされるのであって、つねに白黒のはっきりしたひとつの善や悪に突き動かされているのではありません。

白でなかったら黒、善人でなかったら悪人、薬でなかったら毒で、その中間はないという発想を「二分割思考」といいますが、正太郎はこうした幼稚な考えに依拠して小説を書こうとはしなかった。そうではなくて、〝善玉〟のなかに巣くう悪や、〝悪玉〟のなかに見いだされる善に目を向けて、人間の本性を暴いてみせた。

正太郎は、歌舞伎役者・中村又五郎（二代目）を贔屓にしましたが、その物腰といい、柔和さといい、外見はどこから見ても〝善人〟に見える、そうした人物の、悪の要素をもった役どころのほうに心を動かされたようです。

《人を騙したり、悪事をはたらこうとする者が、いかにも、悪賢そうな顔つきや態度をあからさまに見せていたのでは、

（この男は悪者だ……）
と、すぐに看破（かんぱ）されてしまう。
それでは相手に警戒をされて、騙すことも悪事をはたらくことも不可能ではないか》

（「家康東下」『真田太平記』）

いかにも善人に見える人が悪をなし、悪人とおぼしき人が善をなす。あるいは小さな善行を隠れ蓑（みの）にして、大きな悪業をなそうとする。小説の登場人物が、類型化された善人と悪人に書き分けられなかったのも、こうした考えに基づいていたからにほかありません。

大きな悪事をはたらこうとする者が、運命のいたずらによって、はからずも善いことをなしてしまうことはよくあることです。わたしたちの知る善人は、ひょっとすると悪事が露呈しなかった人、あるいはたくらんだ悪事を成し遂げられなかった人なのかもしれません。

というわけで、池波小説にあっては、悪事は描かれても、悪の権化（ごんげ）はでてこない。「天道に恥じる行為」とののしっても、生まれてより天道に恥じる存在だったとは書かれてはいない。そこには、「人というものは、はじめから悪の道を知っているわけではない。何かの拍子で、小さな悪事を起してしまい、それを世間の目にふれさせぬため、また、つぎの悪事をする。そして、これを隠そうとして、さらに大きな悪の道へ踏み込んで行くものなのだ」(『殺しの波紋』『鬼平犯科帳』)という人間観があったからです。

親鸞は「善悪二分」の考えを放棄し、すべての人が宿業(しゅくごう)として悪をかかえているということを前提にして「悪人正機(あくにんしょうき)」を唱えましたが、正太郎もまた、善人と悪人を浅はかに描き分けることをしませんでした。

単純な勧善懲悪を描写しただけでは、人の世の実際を知る人間に十分な納得を与えることはできません。そのことを知る正太郎は、どんな人間にも巣くっている悪心(あくしん)を外科医の手つきで摘出することで、人間心理の不思議を描いてみせたのです。

それればかりか、善と悪とは表裏一体で、長所も欠点になりうることがあり、欠点にも長所が宿っていることを見抜いて、それらが絡み合った人の世の不条理と妙味を明かしてみせたのです。

池波文学の地平は、ひとりの人間やひとつの現象に多角的な光を当てた、その視線の先に開けている。池波小説が「大人の小説」といわれるゆえんは、善と悪がそそりたつ崖のどちらかに身をおくのではなく、その狭間で砕け散る波の小さな泡(あわ)のつぶやきに耳を澄ませたからにほかなりません。

第

話

池波小説は美人に冷たい!?

美人のヒロインはどこに

あらためて例をだすまでもなく、恋愛小説では、古今東西、美男と美女が恋のメロディを奏でます。読むほうも、やはり、きれいな人たちに恋をしてもらうほうがたのしい。というわけで、不美人と醜男は、甘美な恋愛世界からは宿命的に疎外されてきました。時代小説においても、男はさておき、「ヒロインは美人」は約束ごとです。女の主人公といえば、類い稀(まれ)なる美貌の持ち主で、その名は近郷近在に聞こえているのがふつうです。

山田風太郎の忍法帖シリーズをめくってみましょう。出てくる女はことごとく美人。美人以外、見あたらないといっていい。藤沢周平にしてもそう。ほぼみんな可憐で美しい。読んでも読んでも、ついにひとりも醜い顔の持ち主は出てこない。

ところが、池波小説はこの暗黙の共通了解事項を守っていない。どこを探しても、絶世の美女はおろか、繊妍(せんけん)たる姫君も艶麗(えんれい)なる女人も出てこない。これは文学史上の椿事(ちんじ)

ではないか。

池波小説は美人につめたい。

豊臣秀吉の側室である淀君（茶々）は、これまで多くの作家によって美しく描かれてきました。側室といえば、選りすぐられた美女のなかの美女、いわば美女の頂点をきわめた存在ですからね。もちろんドラマでも、小川真由美、樋口可南子、夏目雅子、松たか子、永作博美など、「とびきりの」といっていい美人女優がこれを演じています。

ですが、正太郎の手にかかると、こんなふうになってしまいます。

《濃い化粧は、依然として変わらぬ。

けれども、わが子の秀頼同様に躰が肥えふとりすぎてしまい、顔の肉づきが弛むというか、浮腫んでいるといったらよいのか……。

大蠟燭の灯影に浮かびあがった淀君の顔は、その濃い化粧のゆえか、何やら化け物じみて見えた》

（「大坂入城」『真田太平記』）

淀君が……化け物にされてしまっている。淀君をこんなふうに描いたのは、数ある作家のなかでも、おそらく正太郎だけでしょう。

池波小説のファンは、『剣客商売』に登場する、まぶしいほどの美貌の持ち主である女剣士・佐々木三冬を例にだして、私の見解に反論するかもしれません。

たしかに、三冬は「髪は若衆髷にぬれぬれとゆいあげ、すらりと引きしまった肉体を薄むらさきの小袖と袴につつみ……」と褒め讃えられています。しかし、やがてつめたい仕打ちにあってしまう。何があったのか。

手裏剣お秀（杉原秀）が登場するや、三冬とは「美しさにおいても格段にちがう」にもかかわらず、作者の寵愛をうけるようになる。あげく、三冬の義母にあたる、小兵衛の妻・おはるにも、「私、このひとのほうが、三冬さまより、ずっと好きだよう」とささやかれる始末。

おはるの、このひとことを作者は忘れなかったようです。それからというもの、なにかと気の利くお秀の好感度はぐんぐん上昇、三冬と入れ替わるかのように登場回数を増やし、ついには主人公・秋山小兵衛の片腕となって活躍、最後には恰好の伴侶まで手に入れてしまいます。

いったいこれはどうしたことか。

正太郎は美人が嫌いなのでしょうか。

そういえば、司馬遼太郎もそうでした。『新史太閤記』のなかで、「猿にはそういう癖があり、極端に美人好きであった。二十六にもなって美人好きというのは、猿の物事への憧れのつよさをあらわすものであろう」と、聞き捨てならぬことを書いています。「猿」とは、若き日の豊臣秀吉です。

司馬大人、美人好きは困ったものだ、というのです。

そんな……。美人にたいする私怨でもあるのでしょうか。

池波正太郎と司馬遼太郎——この二人の賢者は、「美人好き」を未熟者とみなしているようです。

いや、そんなはずは……。

というわけで、きょうは問題を池波小説だけに絞って、美人と不美人の結末を眺めてみることにします。

老婆は幸せになる

池波小説には、皺くちゃの婆さんがよく顔をだします。

筆頭は、『鬼平犯科帳』に出てくる〔笹や〕のお熊。全身が凧の骨のように痩せていて、塩辛声で男のような言葉づかいをする。〔火盗改メ〕の長官・長谷川平蔵にむかっては、「むかし、お前さんが勘当同様になって屋敷を飛び出し、本所・深川をごろまいていたころには、毎日のように酒をのませたり、泊めてやったりしたのを忘れたのかえ」と遠慮というものがない。まったく失礼な婆さんです。がしかし、鬼平からは慈愛に満ちたほどこしが与えられる。

それから、『仕掛人・藤枝梅安』のおせき。忙しい梅安のために、掃除や洗濯など、梅安の身のまわりの世話をしている。ただそれだけの婆さんです。なのに、梅安から小づかいをたんまりもらってしまう。

老婆に、正太郎のペンはやさしい。なにかと気を配り、果報を与えています。というか、好きなのですね、老婆が。

だから、おせきが、鵜ノ森の伊三蔵に左腕を刃物で切られたときなどは、作者は怒りを隠そうともしませんでした。

作者の意を汲んだ梅安は、すぐさまこれに応じます。結果、伊三蔵は地獄へ送られました。

どうして、作者はこうまでしておせきに目をかけるのでしょうか。おせきとは、いったいどんな婆さんなのか。

梅安の家の近くに住む百姓・茂兵衛の女房です。年齢は不詳ですが、薄くなった白髪あたまをしていることや、息子には嫁がいることから、婆さんといってもいい年齢でしょう。

ひとり暮らしの梅安のために、掃除や洗濯、着物の縫いもの、ときには鍼治療の手伝いもする。梅安が留守のときも日に一度はかならず来て、いつなんどき帰ってきてもいいようにと、風呂桶には水をみたし、薪(まき)を用意したりする。むろん、梅安が「仕掛人」であることは知りません。

なんとなくわかってきましたね。

おせきは、まめに立ちはたらく婆さんだったのです。

〔笹や〕のお熊もそうです。らくをしようとか、ずるいことをしようとは思わない、殊勝な心がけの婆さんなのです。

心がけがよくて、気が利く――これが作者に好かれる条件です。

これで、先ほど言及した『剣客商売』の美人剣士・佐々木三冬が、やがて作者のつめたい仕打ちにあってしまったことにも納得がいきます。

三冬は、ご飯の炊き方も知らなかった……。このことが判明すると、作者の気持ちはすっと離れていってしまいます。家政に明るく、よく立ちはたらかなくては、いくら美貌の剣士といえども、作者の寵愛を勝ちとることはできないのです。

美女の行く末

美人が少ない。がしかし、醜女は多い。

『鬼平犯科帳』だけを見ても、「小肥りの、盤台面(ばんだいづら)」の妓(おんな)や、「狆(ちん)ころが髪を結って」いるような下女ならすぐに見いだせます。

しかし、美人はなかなか見つけられない。じつをいいますと、この一週間、ずっと美人探しをしていたのですが、それはそれは恐竜の墓場を見つけるほどに難しかった。

それでは、美人とおぼしき女たちの行く末を見てみましょう。

まずは、『仕掛人・藤枝梅安』の〔おんなごろし〕に登場するおみの。水茶屋の茶汲み女で、その愛嬌たっぷりなあしらいと美しい貌だちで、一枚絵にも描かれたことがあるほどの美女です。

そのおみのに、女房持ちの料理屋〔万七〕の主人・善四郎が入れ揚げる。おみのは、善四郎が自分にのぼせあがっているのをいいことに、主人の女房を殺して、まんまと後妻におさまってしまう。しかし、もとより奉公人といっしょにはたらきぬく甲斐性をもちあわせていないものだから、けっきょく店はさびれてしまう。自分の利得しか考えない権高な女だったのです。果たして、作者は、梅安の殺し針がおみのの心ノ臓に深く刺さるように差配します。

次は、『鬼平犯科帳』の〔鯉肝のお里〕を検分してみましょう。お里は、若い男の肌をたのしむことを無上のよろこびとする女賊。目の前にある小金にすぐに手をだす。盗んだ金で博奕をやり、若い男をもてあそぶ。自分の欲望にまったく歯止めがきかない。結果、作者からあきれられ、遠島を申しつけられます。

おなじく〔白と黒〕のお今とお仙。しかるべき商家なり屋敷なりへ下女となって奉公をし、家のなかの勝手がわかると金品を盗んでは逃げ、ほとぼりがさめたころになるとまたそれをくりかえす。物欲、金銭欲のかたまりです。むろん作者の機嫌がよかろうはずはない。お縄にかかります。

『旅路』のヒロイン・三千代は「人品のよい顔だち」と形容されていますが、美人との評判があるときは、夫が斬殺されるわ、家名断絶になるわ……次々と危難が身にふりかかります。

しかし、寡婦となって小まめに立ちはたらき、よく食べ、徐々に肉置きが豊かになり、「まあ、ずいぶん肥りなさいましたねえ」といわれるようになると、だんだん運が向いてくる。

不幸になる女たち

身分をとっぱらい、装飾をはがし、裸にひんむいて、垢もこすりとって、正味と料簡だけで人間を値踏みする。これが正太郎の人間観察眼です。

どうやら、不幸になる女には共通点がありそうです。

そう、それは「我欲が強い」ということ。

利と欲に染まり、おのれのわきまえを忘れた女たち。そうした欲望の膨張に歯止めのかからぬ我利我利亡者に正太郎のペンは容赦がない。

あるインタビューで、正太郎は興味ぶかい発言をしています。

《こうして六十年も生きて、若いときからいろいろな人を見ていると、我欲の強い人がいちばん不幸せになっています、結果的に。「自分さえよければ、他人はどうでもいい」という人がね》

（「収支の感覚」について）『新 私の歳月』）

ははん。小説のなかで、欲の深い女が不幸な目にあうのは、実人生から得た確信だったのですね。

こまやかに織りなされる人間模様のなかで、ひときわどす黒く突起しているのが「我欲」という悪性の腫瘍（しゅよう）です。正太郎はそれを発見すると、勇んで〝摘出〟に向かいます。

こうしたわけで、私利私欲に溺れる女を見いだすや、正太郎はしかるべき不運を用意して、その行く末を悲しげに見届けるのでした。

幸せをつかむ女

池波小説においては、自分さえよければ他人なんかはどうでもいい、と考える強欲女が不幸になる。

昭和36年、豊子夫人と浅草を歩く

とはいえ、我欲のない女なら、それこそあちらこちらに散見されるのもまた事実です。でも、幸せになるには、なにかが足りないようです。

幸せになるには、何が必要なのでしょうか。

むろん、いま申し上げたように、器量がよくても、作者から愛されません。『剣客商売』の三冬のように、やがて疎んじられてしまう。

世間となじめぬ不具合をもっていても、節義をもって、まめに立ちはたらくこと。苦難に立ち会っても、気丈に生き、けっしてめげないこと。これが作者から愛される必要最低条件です。

さらにいうと、うじうじしたところがなく、我が身のことは自分で決するという気骨をもち、いったん思い定めたら体ごとぶつかってゆく、という気概をもった女が正太郎の好みでした。

作品に分け入ってみましょう。まずは、名篇『ないしょないしょ』のお福。早くに両親を失い、奉公先では手ごめにされ、それ以後もずっと苦労を背負いつづける。しかし、お福は、受けた恩義と仕打ちを、けっして忘れない女でした。正太郎が救済するのは、苦難にもめげず、日々をけなげに生きる気丈な女です。割りふられた役を我が身に引き受けたお福は、「ないしょ」にしていた本懐をついに遂げて、心の平安を手に入れます。心がけのいいお福に、作者の心もさぞ慰藉(いしゃ)されたにちがいありません。

それから、『仕掛人・藤枝梅安』のおもん。浅草の橋場にある料亭〔井筒〕の座敷女中です。おもんは、亭主に死に別れ、九歳になる息子を大工の父親のもとにあずけている。無口で、どちらかというと陰気な感じを与える女です。

しかし、梅安はその女に惚れ込みます。男と女の関係にもなった。梅安はたまに少なくない金を渡そうとするのですが、おもんは受け取ろうとはしません。たくさんの金を一度にもらってしまうと、「先生が、どこかへ行ってしまうような気がして……」いやだというのです。世慣れた女です。

梅安は、自分の身にもしものことがあれば、事情を知っている仕事仲間の彦次郎が、床下に埋めてある壺(つぼ)の中に隠してある三百五十両の大半をおもんに渡すようにちゃんとはからっています。

梅安はどうしておもんのことを気に入ってしまったのか。

これは難問です。しかし、どうしてもそれが知りたい。次の一節をお読みください。

《顔が美しいわけでもない子もちの三十女と、いつまでたっても、
(切れないのは、おもんが、すこしも、私の内ぶところを突つかないからだ)
梅安は、そうおもっている》

(「梅安最合傘」『仕掛人・藤枝梅安』)

内ぶところを突つかない。

このことである。

相手の聞かれたくないと思っていることに感づいても、あえてそれを口にしない。知りたいと思っても、それを気ぶりも見せない。詮索しないマナー。自分の都合だけを優先させて身のうちを好奇心で充満させない。わけのわかった女。大人の女は……男もそうですが、こうありたいものです。それにしても、「内ぶところを突つかない」とは、見事な形容です。正太郎の洞察眼が光っています。

次は、『乳房』のお松。不幸なことに、お松は左の頰から顎へかけて刀痕(とうこん)がある。顔も躰も浮腫(むく)んだようにふくらみ、肌は青ぐろく沈んでいる。はじめての男からは「不作の生大根(なまだいこ)をかじっているようだ」とまでけなされる。その言葉にひどく傷ついた若いお

松は、自分をなじった男を、思いあまって殺してしまう。

しかし、です。お松は気だてがよく、困っている人のために労を惜しまない。自分も大事だが、他人も大事にする女。病いで倒れた見ず知らずの人には手をさしのべ、躰の弱った老人には献身的な介抱をする――それを作者はじっと見ています。

こうした気ばたらきのできる女を正太郎は放っておけない。

お松は行く先々で人びとの好意と親切を受け、お金にも不自由しなくなる。養女にもらい受けたい、後添え（のちぞえ）になってほしい、との声もかかる。やがてお松は結婚して、子宝にも恵まれる。人をひとり殺（あや）めているが、お上からも目こぼしされる。同時に、心利いた読者の納得さえもちょうだいしてしまう。

『雲ながれゆく』のお歌も忘れがたい。男まさりの寡婦で、浅草駒形堂の菓子屋をきりまわしている。行きずりの浪人に手ごめにされても、その心棒は折れることがない。それどころか、不運さえも生きる糧にする円転滑脱ぶりを見せ、苦労することがわかりきっていても、運命に立ち向かおうとする。

それを見た作者は、すこぶる上機嫌になります。

やがてお歌はお腹に小さな命を宿し、希望を明日につなげます。

『おせん』を読んだことがありますか。江戸の女を活写した傑作ぞろいの短篇集。それぞれに世間と相容れぬ圭角（けいかく）をもっているとはいえ、果報を手に入れるのはおしなべて、けなげで、小まめに立ちはたらく、気だてのよい、気丈な女たちです。

こう見てくると、作者は女というものを、美醜や老若でふるい分けていないことがわかります。

冒頭で、「池波小説は美人につめたい」と申しましたが、我欲の強い女がたまたま器量よしだったにすぎないのです。もっとも、「器量よしの女はおうおうにして我欲が強い」かどうかの問題は、それはそれで興味深いテーマでしょうが。

女と男の見立て

もうしばらく時間があるようなので、ここからは正太郎の女性観を披露させていただきます。小説や随筆の一言半句を拾いあつめ、こねて、丸めたものです。
一、女は、過去を忘れ、現在のみに生きる。
『鬼平犯科帳』（本所・桜屋敷）に「女という生きものには、過去もなく、さらに将来もなく、ただ一つ、現在のわが身あるのみ……ということを、おれたちは忘れていたようだな」との感慨が書き込まれています。これは著者自身の女性観で、あちらこちらの作品にも顔をだします。

二、女は、男と違って、幾度も生まれ変わることができる。

男女問題のいっさいに権力関係を看てしまうフェミニストは顔をしかめるかもしれませんが、女は日常的現実にとことん根をおろした存在であり、過去を忘れることに長けている、というのが正太郎の見立てです。

だからこそ、女はしぶとく、したたかに生きることができる。なるほど、それゆえに男たちは女に支えられて夢や観念の世界にのんきに遊ぶことができるのですね。ちなみに小生は「女はしぶとく、男はかよわい」と思っております。

三、女は、おのれが納得するために、嘘をほんとうのことだと信じたがる。

「女というのは、嘘をついているうちに、その嘘をほんとうのことだとおもいこんでしまう」(『雲ながれゆく』)ものであり、「おのれが納得してえがために、どんな嘘でも平気でつく」(『秘密』)のだそうです。

オブジェクション(異議あり)の声がたちまちのうちに女性たちからあがりそうですが、これも健やかに生きていくために女たちが絞りだした知恵だと思って胸におさめてくださいますように。

四、女は、男の心のありさまに官能がうずく。

男は女の身体美に欲情するが、女は男の気組みに惚れるようです。

おおかたの男は上半身と下半身が分裂していますが、女の性的欲望は心や愛の問題と不可分のようです。

女は、この男は自分にどう向き合ってくれるか、何を与えようとしてくれているのか。そうした態度やふるまいのなかにエロスを感じとることができれば欲情するのです。

顔の造作や容姿の見てくれではなく、発せられた言葉のうちに、その男の胸底を鋭敏に読みとるのです。目が男の性器であるなら、耳が女の性器だといえそうです。

最後に、男の話もさせてください。短くまとめますので。

池波小説に登場する男たちのなかで不幸になる者は、一心が定まらず、移り気で、恩を忘れやすく、偽善的で、愚かなくせに強情、危機に際しては臆病、利にのぞんでは貪欲である輩（やから）、と相場は決まっています。

逆に、運が向いてくるのは、不器用でも、誠実で陽気で一途な男たち。

以上です。

「省略の余韻」と「簡潔の美」

余白の充実

小説をペラペラとめくってみる。

余白が目立つ。改行が多く、一文も短い。読みやすそうだと思うものの、内容の充実がなんとなく気にかかる。

読み始める。平明な文章が並ぶ。入り組んだ構文をもつ迷路的な文章はひとつもない。立ち止まることなく、すいすいと読みすすめられる。本がむこうからページをめくるという感じだ。気がつくと、いつの間にか物語世界にいざなわれている。

本を閉じる。と、ほのかな余香が立ちのぼる。不思議な感覚。――池波小説を手にしたほとんどの人がこのような感想をもらします。

正太郎の文章がむずかしくてわかりにくいという人を私は知りません。むしろ、読みすごせるというか、読みとばせてしまえるほどわかりやすい。

うまい文章とは、どんな文章か。

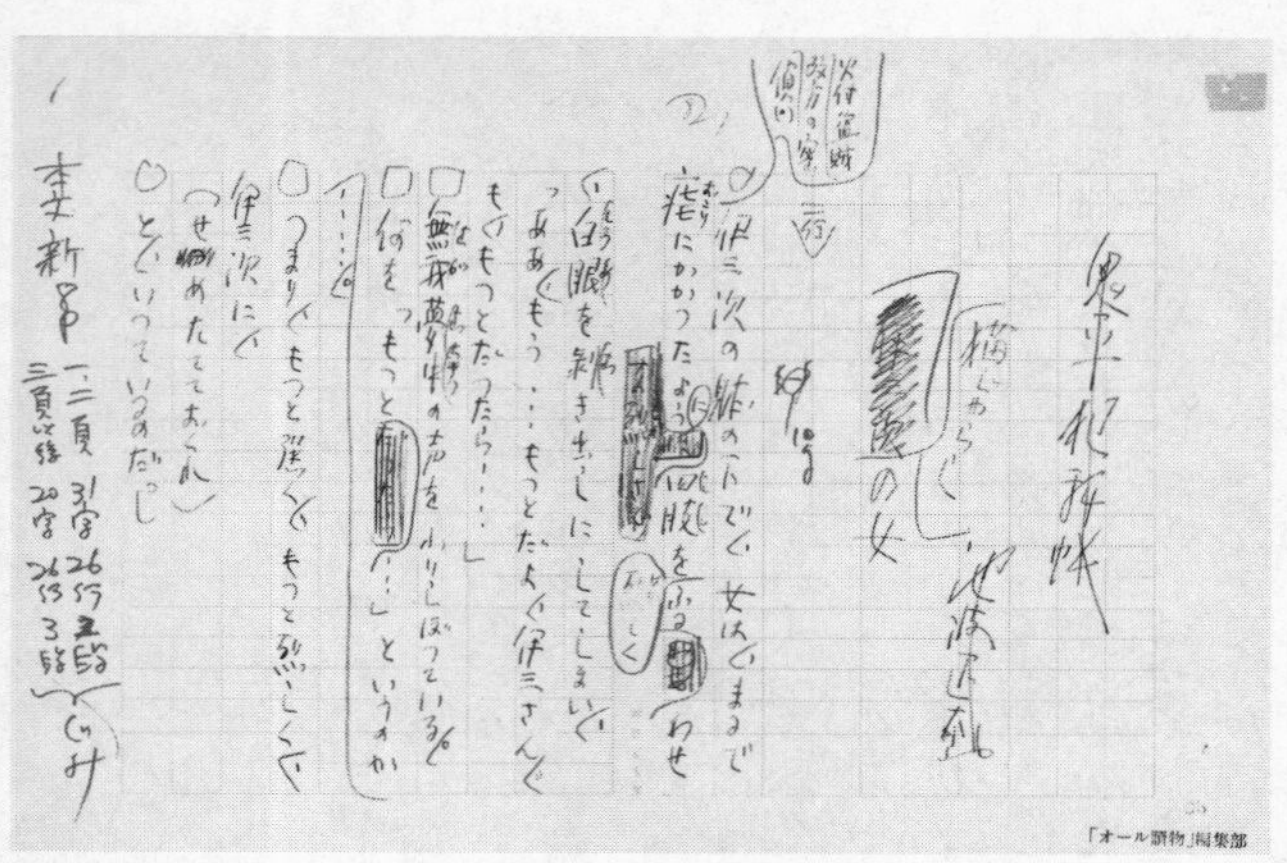

自筆原稿「猫じゃらしの女」(『鬼平犯科帳』)
池波正太郎記念文庫所蔵

それは、わかりやすい文章のこと。わかりやすいかどうかは、書き手のいいたいことがちゃんと伝わっているかどうかで判断される。

わかりやすい文章を書く極意はひとつ。

賢しらぶらない。これに尽きる。

難解な言葉を避け、いわくありげな表現を嫌い、複雑に入り組んだ文構造を排除する。要するに、〝美文〟を書こうとはしないこと。高級めかした言いまわしや、ためにする粉飾は、賢しらぶった連中のやること。

たまに、そうした正太郎の文章を「軽い」と一蹴してしまう人がいます。そういう人はたいてい賢しらぶった文章を書く人たち。頭のなかでこしらえた言葉のお手玉をやって悦に入っている批評家たちです。

正太郎の文章は軽いのではありません。問題は、物語を快く読ませる作家を「軽い」という言葉で形容してしまう読み手の、もっといえば煩瑣(はんさ)と冗漫しか〝高級〟とみなせない読者の持病にあります。

稀代の文章家に数えていいだろう山本夏彦は、文章を書くときの心構えとして、原則、耳で聞いてわかる言葉しか使わないといっていますが、正太郎もこのことを自分に言い聞かせていたようです。

正太郎が心がけたのは、平談俗語を歯切れよく費やして、文意を明確にすること。でも、これがなかなかむずかしい。はい、そうですか、とすぐさま身につけられるものでもない。

あるエッセイで正太郎は、骨が折れたとか、苦労して書いたという感じを読者に与えてはならぬということに苦心する、と書いているほどです（『私の一日』『男のリズム』）。

「賢しらぶらない」ために、肝に銘じておくべき作文技術は三つ。

一、文を短くする。ひとつの文に、主語と述語はひとつずつを原則とする。
二、修飾する語句とされる語句をなるべく近づける。
三、耳で聞いてわかるような平易な言葉をつかう。

これを実践すれば、平明な文章のうちに、おのずと「克己」と「謙虚」の精神が宿ります。克己とは〝美文〟の誘惑に負けまいとする精神の勁さであり、謙虚とは読者がいて自分がいるという職業作家としての戒めです。

説明しない

正太郎はもうひとつ、並はずれた手練を見せています。

それは、「説明しない」という妙技です。

池波小説は説明が少ない。あれこれこまかく叙述するということがない。

これについてはあとでくわしくふれますが、そのまえに対極にある小説家たちへの私の小言を聞いてください。

これでもかというほど説明に言葉を尽くす小説家がいる。そういう書き手は、副詞を多用します。「うれしそうにほくそ笑んだ」だの「悲しそうに目を伏せた」などとやる。副詞を連発することで、読者の「想像する自由」を片っ端から奪っていく。

それから形容詞。判で押したような形容の語句を連射する。「知的そうなくちびる」とか「意志の強そうな尖った顎」とか……。これらはまだいいほうです。「抜けるような青空」「燃えるような紅葉」「鏡のように静かな海」などなど。これを文学的饒舌というのでしょうか、顔面に歪(ゆが)みを感じないではいられません。

ちょっと意地悪な言い方になってしまいましたが、そもそも常套句(じょうとうく)ばかりに頼ろうとする料簡(りょうけん)がいけません。常套句とは決まり文句のことですが、常套句の使いすぎが罪深いのは、世界の切り取り方を、ありきたりの固定観念に頼っているからです。自分で考えていない。固定観念でしか、ものごとを見ていない。これでは売りものになりませんね。

あげくには、各章の最初や最後で、そこまでのあらすじを要約したり、見落としがちな点を読者にそのつど確認させたりする。いったいどういうつもりなのか。親切心のあらわれなのでしょうか。

すべてを言いきらない

説明の言葉はあとをひく。豆を食べるようにケリがつけにくい。だから、いきおいだらだらとつづく。

書き手は次から次へと浮かぶ的確な言葉に陶酔しているのかもしれませんが、読み手のほうは案外しらけているものです。私などは、ごめんなさいよ、ヤボ用がござんす、とさっさと逃げだしてしまう。

……とここまで述べて、私はいま、うしろめたい気持ちで身のうちを充満させております。なぜというに、じつを申しますと、私の趣味は「説明」でして、いやひょっとすると特技かもしれないと自負するところがあるからです。

私は学生たちに英語を教えることがあり、そうした講義では何より説明が大事でして……もとより講義と小説をいっしょに論じることはできないものの、これからは簡潔な説明を心がけたいものです、ハイ。

小説の場合、説明が多いのは、内容の深みとかならずしも一致しません。いやむしろ、説明過多は読書の興をそぐことになりかねない。

『鬼平犯科帳』に〔むかしの男〕という小品があります。

そのなかで、長谷川平蔵の妻・久栄は「女は、男しだいにございます」との言葉を吐きます。

それ以外は何も語られません。作者による補足的説明もいっさいなし。だからといって、「女性を、男性に従属するものとみなしている」などと批判するのは愚の骨頂です。むろんいうまでもなく、「男も女しだい」です。そんなことは平蔵もわかっている。しかし、そういうセリフは書き込まれません。行間からじわっと立ちのぼっているだけです。

同じく、『鬼平犯科帳』の〔瓶割り小僧〕という佳品をのぞいてみましょう。

そこには世間を舐めきった小僧が出てくる。鬼平はその餓鬼に次のような言葉でお灸を据えます。

「大人を莫迦にするなよ」

言葉の白刃。ほかは何も言わない。あれこれと道理を説かない。

いうや、剣光一閃、小僧の着物と帯、髷を切ってみせる。

しかし、このひと刷毛には、実人生の鉄床で鍛えた鬼平の勁さがにじみでていて、読者は平蔵の風姿、人体、気位など、多くのことに想像をめぐらせることができる。

ここで、あれこれ理屈の言葉を並べたら台なしです。とたんに鬼平が薄っぺらな男になりさがってしまいます。

感情というものは、大きければ大きいほど言葉で説明するのが困難になります。ならばいっそのこと、素直な気持ちを伝えるには、思いのたけを言いきらないほうがいいのではないか。

司馬遼太郎の『新史太閤記』に、「智はときに深く秘せられなければならない」との一句が見えますが、これを小説技法にあてはめると、「感興の言葉はときに深く秘せられなければならない」のです。

感情に訴えかけ、心奥へ呼びかける言葉は、まとまりのある完結した文章ではなく、すべてを言いきらない「省略話法」にある。多くの小説家がこのことに気づいていないのは残念でなりません。

じっさい、煩悶小説、傷心小説、感性小説とからかいたくなる小説が、出版市場には充満しています。傷つくことばかりに上手な主人公たちは、揺れ動く心情を赤裸々に吐露しまくっています。

説明不足は読者を路頭に迷わせることもありますが、説明過多は読者の物語世界への没入を拒むのです。

正太郎がしばしば「省略話法」をとったのは、表現力の欠如によるものではなく、「省略」が豊かな余韻を生みだすことを知っていたからです。プロフェッショナルですね。

「省略話法」の余韻

剪定は、木のかたちをととのえるだけではありません。生育や結実をうながす技法でもある。枝を伸び放題にしておくと、咲く花も咲かなくなる。

小説も同じです。言葉の枝を切ると、そこからいくつもの余韻の新芽が吹きだし、表現の生命力が強まります。

文学の〝重さ〟を「省略」という技法で軽々と持ち上げてしまったのは、私の知るところでは、池波正太郎と田辺聖子の二人ですが、彼らはすべてを言いきらないことで、行間に多くを語らせています。

行間に「無言の豊かさ」がある。ぎりぎりまで省略することで、逆に豊かな世界を生みだす。ミニマリズムの極致といいましょうか、洗練さの極みと申しましょうか、そうした技巧をこのお二人は身につけておりました。

西欧の修辞学では、「省略話法」のことをアポジオペーシス（黙説法あるいは頓絶法）と呼んでいますが、かの松尾芭蕉もこのことに着目して、俳句という形式をつくりあげたのでした。

俳句の定型である五七五は、五七五七七という短歌の下句を取ったものですが、これは目に見えない七七が省略されているのだと考えることもできます。

芭蕉の「いひおほせて何かある」は、すべて表現し尽くしたとて何になる、という戒めですが、この修辞法こそ、俳句の命をつないできた知恵であることを忘れてはなりません。

あえて説明を断念することが、かえって読者の関心を対象へ強く引き寄せるということに、さすが俳聖・芭蕉、早くも気づいていたのです。

映画もそう。省略の下手な監督は画面がへたり込んでいて、観ていてイライラする。卓越した作品、たとえば黒澤明の『椿三十郎』、ジム・ジャームッシュの『ストレンジャー・ザン・パラダイス』、クエンティン・タランティーノの『パルプ・フィクション』などは、省略がじつに巧みで、思わず感嘆の声がもれます。

小説の主題ばかりに夢中になって、文体の研究、とりわけ「省略の効用」について語られることがないのは残念ですが、池波小説においては、「省略話法」こそがストーリーを牽引する大切な要素でした。

具体例をだしましょう。

《「久しぶりだよ」
相好をくずして、盃に二つほどのんだ》

（「雨乞い庄右衛門」『鬼平犯科帳』）

相好をくずしたものの、「盃に二つほどのんだ」とやることで、体調がおもわしくない、あるいは胸につかえがあることを見事に浮かびあがらせています。

これが説明に熱心な作家の手にかかると、「体調はかんばしくなかったが、気分がよかったので、久しぶりに盃を手にした。だが、明日からのことを考えて、やむなく二杯にとどめておいた」とやってしまいがち。説明の言葉をくわえたことで、読者から想像の翼をもぎとってしまうのです。

正太郎は、「盃に二つほどのんだ」と短い言葉を置く。半分を語って、半分を沈思する。そして、あとは読者にお任せするという態度を見せる。これが読者にはたまらなくうれしい。小さな言葉が静かな光沢を放っているように見える。

くどくど説明しない文章のおかげで、読者は想像を膨らませながら小説を読むという快楽を手にすることができる。そればかりか、池波小説の読者はいつのまにか、自分が小説の傍観者でなく、伴走者になっていることに気づかされる。

直木賞の選考委員をつとめたときも、ほかの委員が言葉を尽くして選評するのにたいして、正太郎は「これは品がないねえ」とか「うまく書けているね」と端的に批評するのみであったらしい。その言いっぷりは、「実感がこもっているばかりか、小粋(こいき)でもあった」と、同時期に委員をいっしょにつとめた渡辺淳一さんは語っています。

読者によるイマジネーション

作曲家は、楽譜の一部を空白にして、奏者の自由にゆだねる「カデンツァ」と呼ばれる技法をとることがありますが、正太郎もまた読者にカデンツァを託して、小説を読むことの愉楽を与えました。

小説の読者はおうおうにして、作者が表現したものを額面どおりに受容しようとしますが、池波小説においては、積極的な解釈をおこなうのはしばしば読者です。これは、読者による創造的解釈の余地が、作者によってあらかじめ用意されていたことの証左です。

逆から眺めてみれば、読者が作家の力量を評価するのではなく、読者のほうが作家から力量をためされているような気がしてなりません。

むろん、「省略話法」という修辞法が定立（ていりつ）するのは、書き手と読み手が共通の「文化」や「教養」やらを手にしていることが前提です。

わが国には昔から、長い言葉を短くして、最初の部分だけをいう習慣がありますね。「いやはや、あきれてものが言えない」を「いやはや」とだけつぶやいたりする。それで話がつうじるのは、相手もそういう言いまわしを知っているという前提があるからです。

「以心伝心」や「不立文字（ふりゅうもんじ）」（文字を拠りどころとしないこと）などの表現に見えるように、日本人は言葉の論理性よりも、言葉の向こう側にある、えもいわれぬ「何か」を大事にしてきました。言葉ではなく、立ち居ふるまい、表情やしぐさで描写することにより、多くの情報を伝えようとするのです。

正太郎はこうした「省略話法」を、さまざまな場面でやってみせます。

《平蔵が、さも「うまい」というように、にっこりとうなずいて見せると、女房の目が微（かす）かに笑ったようだが、依然、口をきこうとはせぬ》

（「鬼火」『鬼平犯科帳』）

居酒屋の女房と平蔵の無言のやりとりです。箸をつけたのは、小鉢に盛られた蒟蒻料理です。「短冊に切った蒟蒻を空炒にし、油揚げの千切りを加え、豆腐をすりつぶしたもので和えたもの」です。白胡麻の香りもする。しかし、どういった味だとか食感だとかはいっさい説明していません。

火のとおった蒟蒻の歯切れのよさ、油揚げのやわらかな食感、すりつぶした豆腐の舌ざわり、鼻孔をくすぐる胡麻の香り、これらが渾然一体となって口中にひろがる様子を、読者もまた知っていようという確信のもと、作者はあえて説明を排しているのです。

小説家の使命は、文章の手本を示すことではなく、読んでいることを読者に忘れさせるほど物語に没入させることにあります。また、そのための理想をいうならば、小説の描写とは、作者の叙述に始まり、読者のイマジネーションで終わるべきものなのです。

《縁先から身を引きつつ、障子へ手をかけ、
「なれど粂八」
「は、はい」
「口に出しては味ない、味ない」》

（〈馴馬の三蔵〉『鬼平犯科帳』）

正太郎は、くどくど説明をしないことで、表現したものだけでなく、表現されていないものまで読者に感じさせようとしたのです。

「筆者も知らぬ」とは

正太郎は、読者を微笑させる、そのくすぐり方も上手でした。
次の一節をお読みください。

《すると……。
お歌の腰へまわっていた男の手がうごいた。
「あっ……」
さすがに低く叫び、お歌は身を踠いた。
踠いてみても、どうにもならぬ。
どこをどうされたのかわからぬが、お歌の躰は自由を失ってしまっていた》
（『雲ながれゆく』）

どこをどうされたのでしょうか。

いちいち説明しない。でも、イメージが喚起され、おおよその見当はつく。

この「どこをどうされたのか」は、魔法にでもかけられたような時間があっという間に経過したときに用いられます。


《二人が棍棒(こんぼう)を構えた。

その瞬間に、蹲(うずくま)っていた秋山小兵衛の短身が闇を切って二人の胸元へ躍り込んだ。

「うわ……」

どこをどうされたものか、一人は宙に舞って道へ叩きつけられ、そのまま、うごかなくなった》

（「小さな茄子二つ」『剣客商売』）


スケッチする手がもどかしい。そんな一瞬のできごとを「どこをどうされたものか」のひと刷毛で言いきってしまう。見事な手練ですね。

《「だってそうなんです。あっしは、あんな女を見たことがありません。そりゃあ、凄い」

「どう、凄い？」

「こればっかりは、口に出しちゃあいえません。いえねえようなことをしてくれるのでござんす」

「勝手にしやがれ」》

（搔掘のおけい）『鬼平犯科帳』）


「いえねえようなこと」とは何でしょうか。

なにもいってはおりませんが、「勝手にしやがれ」とあきれているところから、あれの、あのようなことか……とおおよその察しはつきます。

きわめつけはこれです。『堀部安兵衛』からです。読んでみます。


《安兵衛が走り寄って、いきなり伊佐子を抱きすくめ、唇を千切れるほどに吸った。

「あ、痛い……」

女武芸者にしては、しおらしい。

「ご、ごめん」

「あれ……」

「ゆるされい」

あとは、筆者も知らぬ》

（『堀部安兵衛』）

可笑しい。

作者だから知っていそうなものなのに、「筆者も知らぬ」と書いてペンをおく。

あとは読者の想像にお任せというところでしょうか。

ここから先を書くのは不粋と感じたのでしょうね。

目の前で展開する光景を夢中で追いかけて書きとめてきたのに、筆者は急に醒めて〝現場〟から立ち去ってしまう。この間合いの取り方が絶妙です。

いずれにしても、描写のもどかしさを排除した、その簡潔にしていさぎよい「筆者も知らぬ」という成句は、行間にイメージを浮かびあがらせることに成功しています。

《このとき、権十郎が父や祖母の勢以と同様に、灰となる前の手文庫の蓋を素早く開け、中に納められていた秘戯図一巻と賀茂川櫛を抜き出したかどうか、それは知らぬ》

（『おとこの秘図』）

秘戯図とはエロティックな絵です。

見て、抜き出したにきまっています。しかし、作者はあくまでも「知らぬ」と言い張る。これが、どうにも可笑しい。

わかっていることを、あえて「口に出しては味ない、味ない」なのです。

あと、私が思わず声にだして笑ったのは、『剣客商売』の秋山小兵衛は九十三歳まで生きるらしいんだが、とどこかで聞いてきたようことを述べたあと、「それより先に作者が死んじゃっている」と語ったことです。

第

話

江戸っ子ぶらない

ほんとうの「江戸っ子」

テレビで〝演出〟される「江戸っ子」があらかた気に入らない。

商人の男が「べらんめえ」口調で威勢よくまくしたて、その女房は大声でわめき散らす。そのくせ、両人ともささいなことにすぐメソメソしたりして、じつは温かみのある人間であることがことさら強調される。下町というものにたいして、なにやら大きな誤解が横たわっているのではないか。

吉村昭（昭和二年、日暮里生まれ）は生前、過去は美化されがちであることをふまえたうえで、「下町ブームとかで、すべてが良き時代の生活であったかのごとく言われているが、果してそうであったろうか。たしかに良きものがありはしたが、逆な面も多々あった」（『東京の下町』文庫版あとがき）と、記録小説家らしく冷静に、昨今の「下町ブーム」のありようをたしなめています。

そもそも「べらんめえ言葉」は、職人や河岸（かし）の男衆のもの。人さまにモノを売っておカネをいただく商人が、乱暴な言葉でお客さんにものをいうはずがない。

　商人のおかみさんにしたところで、まれに自分を控えめに押しだすことがあるにせよ、客に意見するとは勘違いも甚だしい。いったいどういう料簡なのか。勝手につくりあげた下町の気っ風とやらを演じているのがミエミエで鼻白んでしまいます。

　下町では、家が密集しているので、住民は互いにゆずり合わなければ生きていけなかった。自分勝手なふるまいをしてはおのずと混乱が生じる。だから、ご近所の迷惑にならぬように、人の気持ちをおもんぱかって身を処していく。正太郎によれば、「けっして人に迷惑をかけない、人からうけた恩を忘れない、それが江戸っ子」でした。

　地味で堅実な暮らし、控えめな美風、そうしたものが下町気質なるものを醸成したのです。久保田万太郎のいくつかの文章に描かれているように、威勢のいいのはたいてい地方から出てきた山の手の人たちでした。

　とはいえ、下町が人情共同体であるというのも、マスメディアがつくりあげた幻想でありましょう。貧しい生活ゆえに、人情もへったくれもなく、こぎたない金銭がらみで人間が離ればなれになっていった話なら枚挙にいとまがありません。

　どうやら、〈下町＝人情共同体〉というイメージは、昭和十年代の大船庶民喜劇に始まり、敗戦後の下町の長屋を舞台にした人情喜劇に受け継がれ、昭和四十四年（一九六九）にスタートした〈男はつらいよ〉シリーズであまねく日本中に定着していったようです。

ぶらないのが江戸っ子

東京は、「下町」と呼ばれる東東京と、「山の手」と呼ばれる西東京のふたつに大別されます。

江戸の町は、およそ六割が武家地。武家屋敷は麴町・赤坂・青山・四ツ谷・市ケ谷・牛込・小石川などの山の手（＝高台）にありました。明治以降、山の手は新興勢力（＝知識階層）を中心とする、官庁地区および住宅地になっていきます。

そして、二割が寺社地で、あとの二割に町人が住み暮らしていました。町人たちの居住区はやがて職人たちの集まる商工業地区になり、「下町」と呼ばれるようになります。いわゆる「江戸っ子」なる気風はここから生みだされます。

下町と山の手。現代ではさほど大きな違いはありませんが、正太郎が生まれ育った時代は、生活習慣も人びとの気質もかなり異なっていたようです。

明治生まれの鏑木清方（かぶらききよかた）（画家）は、昭和八年の随筆のなかで次のように回想しています。

《近頃ではだいぶ様子も変って来たけれど、昔に溯（さかのぼ）れば溯るほど、東京生れのものの間には、山の手と下町との居住者に、融和し難い感情の墻壁が横たわっていた。山の手生活者は下町住いのものを「町の人たち」と卑しめ、下町人は山の手の人を「のて」と嘲った》

（鏑木清方『山の手と下町』）

彰義隊のお膝もとである下町は、江戸の遺風を残す旧幕的心情の強いところで、薩摩や長州の人たちが中心となった山の手の人たちに囲い込まれた「敗残者」であるという意識がつよくありました。そしてまた、それを認めたくない意地やら憤懣やらもくすぶっていた。

それは、維新後も、佃島の漁師たちが徳川家に白魚を献上しようとしたり、柳橋の芸妓たちが薩長の維新派を「田舎ざむらい」と嘲笑したという挿話からもうかがえます。

下町は昔ながらの江戸っ子が暮らすところ、山の手は地方から出てきた田舎者の居住するところでした。要するに、「浅草族は東京っ子であり、世田谷族は田舎者」（森茉莉『気違いマリア』）だったのです。

しかし、下町っ子は心底では山の手に住む新興勢力を田舎者だとみなしてはいるものの、われ先にと抜けがけするようなずる賢さを持ち合わせていないものだから、競争と名のつくものにはことごとく負けてばかりおりました。

日本橋区蠣殻町（いまの中央区日本橋人形町）で生まれ育った谷崎潤一郎（明治十九年生まれ）は、父親に江戸っ子の気質を看取しています（谷崎は「江戸っ子」とは書かず、「江戸っ児」としています）。

谷崎の父親は、「正直で、潔癖で、億劫がり屋で、名利に淡く、人みしりが強く、お世辞を云うことが大嫌いで世渡りが拙く、だから商売などをしても、他国者の押しの強いのとはとても太刀打ちすることが出来ない」（「私の見た大阪及び大阪人」）性分でした。これが谷崎潤一郎の描く典型的な江戸っ子です。谷崎夫人の『湘竹居追想』によれば、谷崎はつねづね「江戸っ子がる人に真の江戸っ子はない」とつぶやいていたそうです。

正太郎の父方のご先祖は天保のころに富山県の井波から出てきた宮大工で、正太郎は「たぶん八代目かそこらにあたる」江戸っ子でした。正太郎もまた、「あからさま」が大きらいで、周囲の人によれば、江戸っ子であることを鼻にかけないところが、江戸っ子らしさを感じさせていたといいます。

豪邸に住むのを嫌がり、少しも辺幅を飾らない。晴れがましいことや、際立つことがきらい。これみよがし、ものほしげ、そういったものも恥ずかしく思う。論を張るのが苦手で、先頭に立って旗をふることも好まない。正太郎はそうした人間でした。

正太郎は、江戸っ子といわれることをどう思っていたのでしょうか。

《私どもでも「江戸っ子」と言ってよいのは祖父母あたりまでで、私の代になってしまうと、そのようによばれることが面映くてならぬ。

しかし、

「東京人」

と、よばれることは、少しも嫌ではない。そのとおりだからだ》

（「江戸・東京の暮し」『一升桝の度量』）


謙虚と自負心の感じられる、なんとも江戸っ子らしい言いっぷりです。衒いがないし、ケレンがない。妙に得意になったりしていないし、といって無用にへりくだったりもしない。

下町と山の手を較べるとき、どうやら正太郎は、江戸と明治、文化と文明、長屋と邸宅、路地と大通り、小舟と車輛……、それから裏と表、控えめと大げさ、陰と陽、粋と野暮を対置させ、そうすることで東京という都市を重層的にとらえていたようです。

どちらがいいとか悪いとかいっているのではありません。東京という地が、これらふたつの異質の気風を内部にかかえた奥ゆきのある都市であるということをふまえて、あえて自分を「東京人」と呼んでいるのです。なんていいましょうか、江戸っ子らしい控えめな言いようですね。

「粋」と「野暮」

俗に、「三代つづけば江戸っ子」などといいますが、これは三代住みついて、ようやくその土地の暮らしや習俗が身につくということをいったものでしょう。その意味でいったら、正太郎は紛れもない江戸っ子でしたが、「東京人」という言葉に包まれるほうが居心地がよかったようです。

先人の威光を笠に着ることを恥ずべきことだと思っていたこの江戸っ子は、あえて「東京人」と自称することで、江戸っ子らしさを香り立たせていました。いやはや、江戸っ子というのは、やっかいな存在ですね。

さて、下町は浅草生まれの小説家・池波正太郎の一身に宿っていた江戸っ子気質の本丸とはどんなものだったのか。

「粋」であろうとする心――これに尽きるのではあるまいか。

むろん、そこは江戸っ子、本人みずからそういうはずもありません。「粋について語ることほど野暮はない」のであって、「粋」という言葉をうっかり口にしたその瞬間、「野暮天」になりさがってしまいますからね。

九鬼周造（明治二十一年生まれ）は、「いき（粋、意気）」というものを、「垢抜けして（諦め）、張りのある（意気地）、色っぽさ（媚態）」の集合体であると定義しましたが、正太郎は「粋」という言葉を使わず、「灰汁ぬけ」という言葉を用いて、「粋」なるものをあらわそうとしました。

鬼平であれ、秋山小兵衛であれ、小説の主人公たちのやることなすことが「粋」に感じられるのは、気ばたらきが冴えていたからです。正太郎は小説の主人公に、みずからの考える「灰汁ぬけ」を投影させていました。

先を急いでいえば、正太郎にとっての「粋」とは、人の気持ちを察して、手抜かりなく万事をやってみせることでした。他人との間合いをはかって、それぞれにふさわしく対応する。むろん自分の手柄は言い立てたりしない。緩急自在のそうした気ばたらきこそ、正太郎の考える「粋」というものでした。

《一言でいえばね、人の気持を察することができれば、灰汁ぬけて来るんだよ。いちいち頭で考えているんじゃ駄目で、パッと人の気持を察してやれるようになればね、だんだん灰汁ぬけて来る。そのためには、日ごろから、こまかいこと、つまんないようなことでも自分を訓練して躰にそういう感覚を植えつけておかないと駄目なんだ》

（池波正太郎の映画手帖）『私の歳月』）

だから、気の利かない人の疎漏な不作法にはカミナリをよく落とした。
とはいえ、かんしゃくを起こした相手には、時間をおかず、食事にさそったり、アイスクリームをごちそうしたりした。もとの関係に戻そうとする平衡感覚も同時に持ち合わせており、その水の流し方がまた「灰汁ぬけていた」との印象を相手に与えたそうです。

司馬遼太郎は、正太郎のことを念頭において、江戸っ子を次のように形容しました。

《私の記憶や知識のなかでは、江戸っ子という精神的類型は、自分自身できまりをつくってそのなかで窮屈そうに生きている人柄のように思えている。
池波さんも、そうだった。暮の三十一日の日にはたれそれの家に行って近況をうかがい、正月二日にはなにがしの墓に詣で、そのあとどこそこまで足をのばして飯を食うといったふうで、見えない手製の鳥籠のような中に住んでいた。いわば、倫理体系の代用のようなものといっていい》
（司馬遼太郎〔若いころの池波さん〕『以下、無用のことながら』）

たしかに、正太郎は自分自身にきまりを申しつけ、窮屈さのなかで暮らしていたふしがある。がしかし、その不自由さのなかに「自由」と「粋」を見つけてたのしむのが正太郎ならではの流儀でした。

町っ子の心意気

正太郎と文学交流のあった佐多稲子は、幼いころに長崎から上京、向島の長屋から小学校も出ぬままキャラメル工場に通い、上野の料亭に働きにでた前半生をふりかえりながら、下町文化について次のように語っています。

「私は下町の料理店で、ものの見方や考え方に、どこかさらりと水をかけて灰汁を抜くようなことを身に沁みさせてきたらしい。私は野暮にいい立てるよりも、いわずにあきらめた。露わにするよりも内へ沈めた。手落ちなく働くということも下町で覚えてきた」(『私の東京地図』)

彼女もまた、「灰汁を抜く」という表現をつかって下町にただよう空気をとらえています。下町っ子は少々のことなら根にもたず、「水に流そう」という気配が多分にあり、またそれを手落ちなくやって見せることに頭をはたらかせるというのです。

ここで、東京人でない私の見る「下町っ子」、彼らのいうところの「町っ子」の特徴を披露させていただきましょう。

一、はにかみ屋で、人の前で口がきけないのに、見栄坊である。

二、執着の気がない。あきらめが早い。
三、生きがいとやらを語りたがらない。
四、他国者（よそもの）がくりだす世辞や口車に翻弄されてしまいがち。

浅草を散歩する池波正太郎

これが、わたくしメ、田舎モンから見る、町っ子の特徴です。多分に落語の影響がありますが、知り合った老人たちを見ていてそう思うのでございます。

さて、ここに一冊の本があります。下町気質を語るうえで欠かすことのできない書物です。『和菓子屋の息子』という題名の本です。さっそく開いてみましょう。

著者の小林信彦（昭和七年、日本橋生まれ）は、次の六つを「下町の人間の特徴」として挙げています。

一、謙虚さとその裏側にある自負。
二、言葉の面白さ。

三、シャイネス、消極的、または弱気。
四、痩せ我慢をする。
五、美的生活者。
六、説明しない〈批評〉。

うーん、と唸りましたね。

どれも「粋であろうとする心」を裏書きしているように思われますが、「謙虚さとその裏側にある自負」というのがまず言い得て妙です。

いうまでもなく、うぬぼれの意識は、劣等感と同じくらい始末に負えない病いです。いったん火がつくと野火のように燃え広がってしまう。自信は人間の裡に静かな勇気を与えますが、それが自己陶酔となれば自分をどこまでものぼせあがらせてしまいます。

司馬遼太郎は「池波さんのよさは、たれしも多少はある自己陶酔症という臭い気体のふたをねじいっぱいに閉めていて、気もなかったことである」と評していますが、正太郎もまた多くの町っ子と同様、うぬぼれないように、そして卑下をしないように、と自分を戒めていたようです。

どうやら町っ子は、ナルシシズム（自己陶酔意識）とコンプレックス（自己劣等意識）は「野暮」であることに早くから気づいており、この二つの異臭を「自負心」と

「謙虚」に変換してわがものにしていたようです。

鷗外の娘である森茉莉は山の手の上流家庭で育っていますが、三十代の後半、浅草でひとり暮らしをしました。彼女は浅草の印象をこう記しています。「のらくらしている書生でも、芸術を勉強している人間は育ててやろうといったような気風、一種教養のある巴里(パリ)の町の雰囲気」があった、と。貧乏はしていても、それぞれが「美的生活者」として一家言を持ち、したたかでしなやかな暮らしぶりをしていたことを報告しています。

六つ目の「説明しない〈批評〉」にも思わず膝を打ちました。このくだりを読んで、まっ先に浮かんだのは正太郎の文体でした。

ご存じのように、池波小説の一文は短い。複雑に入り組んだ構文もない。描写も簡潔で、こまごまと説明しないのがその身上です。

《「父上。では、これにて……」

「もう、行くか」

「はい」

「何も申すまい。おもうままにいたせ」

「かたじけのうござる」

「行くがよい」

「は……」》

（「家康東下」『真田太平記』）

これは、関ケ原の合戦をまえに、真田の親兄弟が東西に別れる場面で交わされた会話です。いわば物語のヤマ場、泣かせる場面です。

しかし、この下町作家は、ここに至っても、わいわいがやがやとやらない。人生最大の決断にのぞんだ男たちの抱懐する思念を短い会話で伝えるのみです。

決断の余情を、説明の言葉で埋め尽くすのではなく、行間に語らせている。ここだけ抜粋すると、なんとも味気なく思われますが、物語の中におくと、たちまち言葉にならない余情が背後で蠢動しはじめるから不思議です。これは人物造型の過程で、この短い会話が抒情的になるように手抜かりなくお膳立てをしていたという証しです。

文体とは教養であり、また意志です。作者の生活信条や精神のありようが、文体には託されている。難語を駆使した、高級めかした文章は、野暮な人間が書くもの。感情の「大文字化」、すなわち感情を大きくいい立てるさまは、下町出身の作家とは相容れない。ひそかに、そう思っていたにちがいありません。

粋であらんとする小説家は、小さな言葉で多くを語ってみせる。それが町っ子作家の心意気です。

第

話

会話と人物造型

小さく刻む

小説の書きだしとは何か。

次のように定義したいと思います。

わたしたちのいる現実世界と作者の想像力によって生みだされた作品世界を分ける境界線である。

《「明日は、お前、死ぬる身じゃな」

急に、女のささやきがきこえた》

（「天魔の夏」『真田太平記』）

正太郎の小説は風景描写から始まることが多いのですが、この長篇傑作は、男のような言葉づかいをする、いわくありげな女のささやきを冒頭においています。

すぐれた作品の導入部には、傑作の気配が早くも感じられるものですが、この書きだしは読者を作品世界にいざなう見事な導入といえましょう。

正太郎は「最初の三行と最後の三行が勝負だ」が持論で、それは読者にどのような感興を起こさせるかを念頭においた小説作法の要諦でした。

読者がいて小説家がいる。読み手のいない小説家は、虚空に吠える犬のようなもの。ゆえに書き手はつねに読者を念頭におかなければならない。読者のことを考えないと、自分しかわからない、ひとりよがりの文章になってしまいます。

正太郎の書く文章は、機能的な文章といおうか、文意がひじょうに明確です。そのうえに日常語が多用されているものだから、いったいにわかりやすい。

つねづね感じていることですが、一般に話し上手は、表現力というよりも、余分なところを端折って話すのがうまい。一から十まで説明せず、聞き手の想像力をうまく刺激しながら、要点をかいつまんでしゃべる。だから、いきおい短い文が多くなる。

《「ようやくに、かたちがついてきたな」

近藤勇が土方歳三にいうと、

「そうですかね……」

土方は妙に煮えきらぬ様子で、

「私はまだ、かたちがついたとは思わない」
「どうしてだね？」
「芹沢鴨が、ねえ……」
「芹沢さんが、どうしたというのだ？」
「鴨の肉は、煮方がむずかしいもんですよ」》

（『近藤勇白書』）

短文は、表現を直截にし、イメージを鮮明にしてくれる。きびきびした言葉づかいですが、すべてを言いきっていない。言いきらないことで、言外に意味をもたせている。

地の文は語りかけるように、会話文は行間に語らせるようにやるのが正太郎の筆法ですが、行間に秘した思惑や感情がうごめいているのが感じられます。

いうまでもないことですが、「小説の会話」と「現実の会話」は異なります。じっさいの口語は、言いなおしたり、言いよどんだり、言いきらなかったりするものです。

しかし、それをそのまま書いたのでは、読みづらくてたまらない。「現実の会話」に近づけようとすると、会話の大半は思いつきの挿入句と意味のはっきりしない相づちの連続になってしまい、読み手は会話をいっこうにたのしむことができません。

ならば逆に、筋のとおった理路整然たる会話文にしてしまったらどうか。物語の進展には貢献するでしょうが、とたんに嘘っぽく聞こえてしまいます。読んでいるほうは、窮屈を感じてしまい、物語世界から逃げだしたくなります。

「現実の会話」のように思わせ、なおかつ読者を物語に没入させるためには、どうすればいいのか。

正太郎がやったのは、「小さく刻む」ことでした。

《隊士一同、みんな、島原でのむ、さわぐ」

「うむ……」

「芹沢も大酒をくらう」

「む……」

「のんでのんで……やつは、八木さんのところへ帰る」

「それが……?」

「そこで……」

と、土方歳三はひとつ大きく息を吸いこむようにしてから、

「斬る!」

低い声だが、断乎(だんこ)としていったものだ》

（『近藤勇白書』）

さらりと言い、短く受け、言葉が交錯したら、有無を言わさず、すかさず斬り込む。小さく刻んだ言葉が、音の余韻と作用しあって、土方歳三という人物の輪郭をくっきり浮かびあがらせている。

声にだして読んでみれば、いっそう臨場感が漂います。「それが……?」を、「そこで……」で受けるところなど、正太郎の手練が際立っています。

肉声の小説

ふだんの会話でつかっている、ごくふつうの言葉づかいを「平談俗語」といいますが、つたない小説のなかには、「ふつう、こんなこといわないよ」と文句のひとつもいいたくなる不自然なやりとりがあります。たいていの場合、漢語が多すぎるがゆえに表現が硬(かた)くなってしまっている。

ところが、正太郎の場合、そうしたことがない。ルビをふることで、平談俗語のなかにうまく溶かし込んでいる。「これを機会(しお)に、すっぱり足を洗いねえよ」（『女掏摸(めんびき)お富』）『鬼平犯科帳』）といった具合です。

いくつか拾ってみましょうか。失敗は「しくじり」、責任は「せめ」、連絡は「つなぎ」、原因は「もと」、目的は「めあて」、事情は「わけ」、将来は「ゆくて」、過去は「まえ」、習慣は「ならわし」、交際は「つきあい」、秘密は「かくしごと」、将軍は「だんな」……、こんなふうにルビがふられている。

こうすれば、ひらがなが連続しないので読みやすくなる。しかも、なんら違和感がない。これから小説を書こうと思っている人には、ぜひルビを効果的に用いることをおすすめします。

池波小説の妙は、会話を読めば、たちどころにどんな口ぶりかわかるところにあります。早口か、ゆっくりか、大声か、小声か、うれしそうにか、悲しそうにか、そうしたことがすぐにわかる。

昨今、多くの小説は視覚描写の世界に遊んでいますが、正太郎のそれは、声そのものを重視した、いわば「肉声の小説」といえるものでした。

かつては、どの文芸も、読むものではなくて、聴くものでした。

西欧における大衆文芸では、数世紀前にはじめて「文字言語」を知ります。もちろん、それ以前から詩や演劇は書かれていましたが、あくまでも音声を記録するものとして文字が使用されていたにすぎません。つまり、「文字」は「声」に隷属するものとみなされていた。書かれた言葉は、生きた言葉の影でしかなかった。そういう歴史がある。

しかし、活字によって作品が発表されるようになると、視覚的叙述は大いに紙幅を増やし、会話は脇に追いやられてしまう。人はいるのに、声が聞こえてこない。結果、声を失ってしまった作品が数多く生みだされました。

正太郎の小説は会話が多い。そして、うまい。会話の叙述がなめらかなのは、芝居の脚本をたくさん書いてきたからでしょう。


《いうまでもなく、演劇というものは、限られた数場面と限られた時間の中で、さまざまな人間像を描出し、いくつもの人生を語らねばならぬ。〈中略〉きわめてきびしい制約の中でくりひろげるドラマには、脚本にも演技にも、種々の虚構が要請される。

これを〔芝居の嘘〕というのだ。

この〔芝居の嘘〕をもって、人間の〔真実〕を語らねばならない。いや、観せねばならぬ。

それが成功したときこそ、

「虚構が真実のもの……」

と、なり得るのである》

（『又五郎の春秋』）


芝居は、脚本家や演出家、役者や道具方など、多くの人が関わる集団の仕事で、金銭の出入りもまた大きい。わざわざ足を運んでくれたお客さんには、いただいたお鳥目のぶんだけ満足して帰ってもらわねばならない。だから、芝居の書き手は、観客をもてなすことを第一に考える。

評価もじかに伝わってくる。上演中の客席を眺めれば、作品の出来不出来が体感的につかめるし、見終わって劇場をあとにするお客さんの表情を見れば、芝居に満足したかどうかが一目瞭然となる。

観客や読者を「もてなす心」がなくては、脚本家も小説家もあったもんじゃない——正太郎はそう思っていました。文学は他人の愉悦のためにあるのです。

純文学は、知識人による知識人のための文学です。菊池寛は「作家が書きたくて書いているのが純文芸で、人を悦ばすために書いているのが大衆文芸だ」と言い放ちましたが、その意味でいうと、正太郎は正真正銘の大衆作家でした。

正太郎は小学生のころ、従兄に新国劇の舞台を観に連れていってもらいました。島田正吾と辰巳柳太郎のふたりを看板にした『大菩薩峠』です。「その舞台の、得体の知れぬ熱気の激しさ強さは、むしろ空恐ろしいほどのもので、十歳の私は興奮と感動に身ぶるいがやまなかった」そうです。「何を、ふるえているんだい？」と肩を抱いてくれた従兄の声を、のちに新国劇の脚本を書くようになった正太郎は「いまも忘れない」と記しています。

この感動の正体を、正太郎はつきつめて考えた。

たどりついた先には、作者はひとりよがりになってはいけない、「もてなす気持ち」がなければお客さんの心に響かない、という答えが用意されていました。

作者は口をきいてはならない

正太郎は、小さなころから「もてなす心」が旺盛でした。

〔夏の客が訪ずれて〕という随筆のなかにその一端を見いだすことができます。

——少年のころの話をしましょう。夏、客が訪れる。まず団扇を手渡す。次に、熱い茶か、冷えた麦茶をだす。そして、町内の八百屋や氷屋へひとっ走り。西瓜やぶっかき氷などを買ってくる。あればあるように、なければないように。しかし、昭和五十三年のいま、家人ともども老いてきて、まめに立ちまわれなくなってしまった。それが「残念」でしかたない……。

このように書く正太郎に、相手の気持ちを思いやるやさしさを感じないではいられません。こうした「もてなす心」があったからこそ、正太郎は小説家として大成し、劇作家としても一流になったのです。

脚本を書くときは、ストーリーテリングはもちろんのこと、役者のセリフにも人一倍、心を砕きました。難しい言葉を排し、耳で聞いてわかる言葉だけを書き込んだ。なおか

新国劇の稽古風景

つ、生活のありさまが登場人物の言動に息づくように配慮する。

だから、役者のセリフまわしには人一倍うるさかった。口跡（こうせき）は演技以前の問題です。稽古のとき、聞き取りづらい俳優にはすぐさま罵声がとんだ。すべてはお客さんのことを考えてのことでした。

そこで、興にかられて『雨の首ふり坂』など、数本の脚本を読んでみると――、メリハリの効いた、歯切れのいい言葉のやりとりがじつに気持ちいい。

会話が熄（や）めば、「しみじみ」や「ほのぼの」が舞台をただよったであろうことは、脚本を読めば手にとるようにわかる。一流の劇作家だったんだなあ、と思わずにはいられません。

しかし、セリフがうまく客席に伝わらないとなると、すべてが台なしとなる。正太郎が役者の口跡にこだわった気持ちがよくわかります。

新国劇の名優であり、正太郎が敬愛した島田正吾が『天守物語』に客演したとき、さすがに高齢のためか、客席に声がとおらない。正太郎は「これまたセリフの半分がわからぬ」と手厳しく批評した。淋しい思いをしたでしょうが、そう書かざるをえなかった。

話を小説の語り口のほうへ戻します。

小説における口調の描写は、人物を造型するうえで大切な要素です。たとえば、「わたしは、それでけっこうです」と「あたし、それでよくってよ」は同じ情報をもった文でありながら、読み手に伝わる人物像は異なります。

全員が同じような口調でしゃべると、頭の中で読み分けができなくなってしまい、イライラがつのります。話しぶりに、性別、年齢、職業、立場、気性、性癖などがにじみでていないと、人物はとたんにへたり込み、個性を失ってしまいます。

正太郎の師匠・長谷川伸は、会話に作者が口をきいてはならない、作者ではなく人物にしゃべらせよ、と熱心に説き、口跡にめいめいの個性がでれば、会話はいやでも活きてくる、と教えていますが、正太郎はその熱心な信奉者であるばかりか、忠実な実践者でもありました。

第

話

不器用な名人

職人気質

　このところ〝職人もの〟をよく読んでいます。

　古くは斎藤隆介が編んだ『職人衆昔ばなし』、新しいところでは塩野米松さんが聞き書きした『木のいのち木のこころ〈天・地・人〉』など。さすがに一流の職人、つぶやく言葉には千鈞の重みがありますね。

『棟梁──技を伝え、人を育てる』もそんな一冊でした。

　語るのは小川三夫さん。伝説の宮大工・西岡常一の最後のというか、唯一のお弟子さん。木を熟知し、深く対話し、その属性を美しく生かすことの技倆をもってその名を知られている。

　その棟梁が弟子たちの仕事ぶりを語るわけですが、読む者をハッとさせる言葉が随所にちりばめられています。いわく、「嘘を教えれば嘘を覚える。研ぎは全くそうや。ほんとうを覚えるのには時間がかかる。時間はかかるが一旦身についたら、体が今度は嘘を嫌う。嘘を嫌う体を作ることや」「体に記憶させる、体で考える」「掃除をさせたらその人の仕事に向かう姿勢、性格がわかる」「飯を作らせたらその人の段取りの良さ、思いやりがわかる」「自分が惨めになるような考えに持って行ったらあかん。苦しい中にも楽しいことを、見つけ出すことや」などなど。

なかでも「不器用の一心に勝る名人はない」というつぶやきには感心しました。もっとも、これは西岡名人の口ぐせだったようですが、小川さんがいうには、器用な人間は器用に溺れて一心が固まらない、自分ができると思っているから「ここでいい」という線を読んでしまう、だから深いところまで到達することができない――。

いっぽう、不器用はどうか。

素直さと根気づよさがあれば、一段ずつ階段をのぼっていき、着実に上手のほうに向かっていく。名人といわれる匠(たくみ)は、じつは不器用が多いのだとか。

この本を読みながら、私が幾度となく思い浮かべたのは、誰あろう、池波正太郎です。いまでは、その業績をたたえられて「文豪」とか「小説の名手」などと呼称され、その文学的才能を高く評価されていますが、そうたらしめたのは職人のいとなみがあってこそではなかったか。

人間を舐めてかかるな

富貴の誘惑に負けない。

段取りをきちんとやる。

紙や万年筆などの仕事道具を大切にする。

寡欲である。

正太郎の生活は、まるで職人のような明け暮れであったといいます。豊子夫人は「職人のおかみさんだということを忘れぬように」とつねづねいわれていたらしい。

正太郎は何かにつけ職人を引き合いにだして、その仕事ぶりを称揚しましたが、それは質の高い仕事を手早く仕上げ、みずから恃むところがあっても、それをあえて見せつけない自重の気があったからにほかなりません。

とはいえ、正太郎は若いうちからそうした気組みをもっていたわけではありません。それどころか、小学校をでると株屋に勤め、自分でも売り買いをして大儲けし、仲間と遊蕩を尽くしている。遊興三昧で、いっぱしの大人を気どっていた。

「こんなに、こたえられない職業が世の中に存在しているとは、わが尊敬する大佛次郎、佐藤紅緑、吉川英治、山中峯太郎など少年倶楽部に力作をよせられた諸先生の小説にも出てはいなかった」（『青春忘れもの』）というほどの生活。しかも、きれいさっぱりとつかい果している。貯金はまったくしない。

正太郎が創作した仕掛人・藤枝梅安は、請け負った〝仕事〟をすませると、精神にきしみを生じ、それで得た金のほとんどを遊蕩でつかい果たすことで、「ふつう」の生活に戻ります。これとおんなじです。

どうしてでしょう。

それは株屋を正業とみなしていなかったからです。

正太郎は、心底では、虚業ではなく正業を求めていました。来る日も来る日も黙々とはたらく錺職人である祖父の姿を見ていたからです。

虚業で大儲けすると、人は人間や人間のいとなみを舐めてかかるようになる。それで道を大きく誤ってしまう。正太郎が早くにこのことに気づいたのはさいわいでした。

作家活動で莫大な収入を得ても、正太郎は遊びにまみれなかった。それは作家であることが、かたぎの職業だったからです。

だから長者番付に顔をだすようになっても、富貴の誘惑に負けなかった。

一度お邪魔したことのある荏原（品川区）のお宅は、お世辞にも大邸宅といえるものではありませんでした。小ぢんまりした、それでいて使い勝手のよさそうな家。庭といえるような庭も――おっと失礼――ありませんでした。設計は辰野清隆さん。正太郎は、人の動きと物の移動を考えて、屋内の戸はすべて〔引き戸〕にしてもらうように注文しただけでした。応接間には高価な家具や調度品もない。ソファとテーブル、そして戦死した従兄（いとこ）の形見であるこけしが並んでいるだけでした。

不器用の段取り

正太郎は、多忙な時期、小説の連載を八本もかかえていました。そのうえ随筆の執筆もこなし、月になんと五百枚も書いたそうです。

がしかし、ただの一度も締め切りに遅れたことがない。遅れないどころか、ひと月前にもう原稿が仕上がっているときもあった。

「せっかち」という人もいるが、あえて律儀といいたい。他人に迷惑をかけてはならない、という早くから実社会に出てはたらいた苦労人ならではの気くばりでしょう。

たくさんくる手紙にもきちんと返事を出した。『銀座日記』を読むと、「今夜は来信の返書を約三十通ほど書く」とか、「朝から、たまっていた手紙の返事を書く。合わせて七十二通」などと記している。すごい数ですね。

くわえて、小説の舞台となる土地を念入りに歩き、資料渉猟（しょうりょう）、読書、映画観賞、観劇、音楽観賞、食べ歩き、買い物、さらには水彩画を描き、気学の研究までやっていた。

年賀状にいたっては、春から十一月ごろにかけて、仕事の合間に少しずつ宛名書きをするのが習わしだった。その数、千枚程度というから驚く。

ちょっとだけ無理する。そんな暮らしぶりでした。

といって、無理はしない。ゆとりの時間もしっかりとった。余裕をもたせて、ほんのものごとの手順はすべて自分の「勘ばたらき」に負ってい、それゆえ生活のリズムが狂うとすべての段取りに破綻をきたす、とくりかえし書き述べている。

こんなふうに描写すると、なんとまあ手際のよい人かと思いますが、そんな正太郎にも大きな欠点がありました。

とんでもなく「不器用」だったのです。これは本人が書いていることですが、若いころより、手先の不器用をいくたびも慨嘆したようです。

父方の先祖は越中（富山県）井波の宮大工の棟梁だったし、母方の祖父は錺職人でしたから、どちらかといえば手先が器用な家系なのです。

父親も器用な人だった。錦絵ふうの人や家や木立や馬を小さな鋏で切り取り、細い木で組み立てた舞台に貼りつけていく「立版古」という細工物のおもちゃ絵を、不器用な正太郎の代わりにつくったりもした。その手指の動きといったら、正太郎いわく、「背すじがゾクゾクするほどに」見事だった。

でも、どういうわけか、正太郎はひどく不器用だった。小さなころは厚紙の模型を組み立てることもできなかった。

戦時中に芝浦の航空機の部品工場で旋盤機械工として働いていたころは、不器用であることにたいそう苦しんだようです。

《ここへ入ってみて、私は、自分の手先が、いかに不器用であるかを、はじめてさとったのである。〈中略〉同時に徴用された連中は、たちまちに卒業し、さらに、むずかしく細かい仕事へ進んでいるのに、私は三カ月もの間、この初歩的な仕事をおぼえるために苦しみぬいた》

（「職人の感覚」『新年の二つの別れ』）

さいわいなことに、指導員のひとりが粘りづよく教えてくれた。この人は、旋盤機械を人間あつかいして、油をさすときは「飯を食べさせる」といい、丹念に拭き清めてやることを「化粧をしてやる」などと形容する。

はじめはこの指導員のいうことをあきれ顔で聞いていましたが、あまりにうるさくいうので、見よう見真似で同じようにやってみると、それまでいっこうにいうことを聞いてくれなかった機械がだんだん自分の手足のように動いてくれる。

やがて、「手動の機械は、それをあやつる人間のこころと〈生活〉を、恐ろしいまでに反映するものだ」ということを悟り、しばらくすると、「小型旋盤ならば池波」といわれるようになり、やがて「誰にも負けない旋盤工」になっていく。ちなみに、この指導員は『キリンと蟇（がま）』という小説に登場します。

この体験を機に、正太郎は、こころの居ずまいを正してものごとに立ち向かえば、みずからが背負った不器用という負の要因を克服できる、と思い至るようになります。

さらには、生活習慣を改め、ものごとの要領をしっかり躰（からだ）に教え込めば、およそできないことはない、という職人的な知恵をわがものにします。

そうした過去をふりかえり、「このときの私の生活が、現在、小説や芝居の構成をするときの基盤になっている」が、おそらくそれは「職人の感覚」を身につけたからだろうと述べています。

「些事」こそがすべて

正太郎は「些事（さじ）」を大切にしました。

人生に大きな幸福などはなく、あらゆる幸福は日常にひそむ些事に宿ると思っていたからです。

《だが、人間はうまくつくられている。

生死の矛盾を意識すると共に、生き甲斐をも意識する……というよりも、これは本能的に躰で感じることができるようにつくられている。

たとえ、一椀の熱い味噌汁を口にしたとき、
(うまい!)
と、感じるだけで、生き甲斐をおぼえることもある》

(「食について」『日曜日の万年筆』)

幸福や不幸を大きく捉えないで、小さく刻んで受容する。熱い味噌汁がうまいと感じたら、それを素直に喜ぶ。そんなふうに小さな喜びを連続させていくのが正太郎の人生作法でした。

《「生きておりますことは、たのしいことでございますな」
「さよう。たのしい、うれしいというこころもちを死に急ぐ人びとが感ずることもふしぎじゃ。なればこそ、おれはな、その日その日を相なるべくはたのしゅう送りたい。一椀の汁、一椀の飯も、こころうれしゅう食べて行きたい」》

(『おれの足音』)

心映えする一瞬があれば、それをありがたく思って感謝する。そうやって、自分の気組みをととのえていけば、人生はまずまず味わい深いものになると信じていたようです。

幸福とは天与の恵みではない。現象に対するわたしたちの心的態度です。つまり、幸福は、心のもちようによって決められる。幸福は、遠くにあるものでも、誰かが運んできてくれるものでもなく、自分の心の中にある。これが正太郎の幸福観です。

「文房清玩」の心

みずからを職人に見立てることで、正太郎は意匠を凝らした小説を次々と書きあげました。

作品を眺めてみますと、端正につくった上手物(じょうてもの)の焼物という感じさえします。腕のいい職人が巧緻な細工をほどこすようなその丹念な仕事ぶりは、心と躰のリズムを得た、職人的な段取りがあったからこそなしえた快挙です。

職人らしく、道具も大切にしました。

子どものころからの紙好き。もっとも、そのころは絵を描くための紙。小遣いがあれば紙屋に飛んでいき、藁(わら)半紙を買っては絵を描く。文房具屋ではなくて紙屋。昭和の始めの東京には、紙の専門店があったのですね。

お年玉をもらったときには、上等の真っ白な画用紙を買う。「いつもは二銭か五銭しか買えない画用紙を五十銭も一円も買うときの気分は何ともいえずにゆたかなものだった」。だから、そうしたときは、思わず笑みがこぼれる。めったに笑わない孫が笑っているので、祖母が「おや、めずらしいことがあるものだ。正太郎が笑っているよ」とからかったそうです。それほどまでに紙が好きだった。

小説家になってからも紙を大切にする気持ちは変わらず、書けないことにむしゃくしゃして、原稿用紙を破り捨てたり、丸めて放り投げたりすることも一度としてありませんでした。掲載雑誌が入った封筒も捨てられず、こちらから渡す原稿をその封筒に入れて再利用する。

万年筆を愛用しました。万年筆を持つことに憧れもあったようです。

《私が少年のころ、はたらきに出て、はじめての月給をもらったとき、先ず駆けつけたのは、勤め先からも近い日本橋の丸善だった。

そこで、小学生のころから、ほしくてほしくてたまらなかった万年筆を買いもとめたのだった》

（「万年筆」『夜明けのブランデー』）

万年筆へも並々ならぬ愛情をそそいだ。

ペン先を洗っているときは、「職人が道具の手入れをしているような気分」だと書き述べるいっぽう、作家にとっての万年筆は「武士にとっての刀と同じだ」とまで言いきっている。

剣術は剣の力、文学は言葉の力を恃みにする。どちらも孤独な「私闘」です。万年筆を刀にたとえているのはいかにも時代小説家らしいですが、正太郎は本気でそう信じていたようです。

万年筆は四十本ほど持っていた。原稿を書き出すときは、細字用の硬質ペン。楷書にちかい書体でゆっくりと書く。文章が落ち着き、物語の道筋が見えてくると、やわらかくて太い文字の書けるペンを手にとる。

大工がノミを替えるように、作家もペンを替える。そして、仕事を終えると、そのつど万年筆のペン先を水で洗い、きちんと布で拭く。

万年筆に、人間と同じように、休養もとらせていた。年の暮れになると、万年筆の大掃除をする。そのとき、どのペンに休養をとらせ、どのペンを来年使うかを決める。

修理にも出していた。高田馬場の古屋万年筆店がひいきで、何本もそこへ持ち込み、古くなったから捨てるということもなかった。

職人と道具がそっと心を寄せ合っている光景が目に浮かびますね。大げさにいうのではありませんが、道具と〝交信〟しあっている職人の気魄と愛情が感じられます。

これ、「文房清玩」の心。

玩物喪志（珍奇なものに心を奪われて、志を喪ってしまうこと）と勘違いしないでくださいね。むかしの文人が筆墨や料紙を大切にしたように、正太郎もまた文房具をいつくしみました。

原稿はすべて手書き。パソコンが普及する以前の作家ですからね。

文字は、流麗というよりも、決然たる勢いが感じられる闊達な運筆。スケッチ画も趣がありますが、手書きの文字にもまた味わいがあります。

〔池波正太郎記念文庫〕には書斎が再現されていますが、そこには書き捨てた原稿用紙が散乱しているといった、煩悶する小説家の気配は微塵もありません。

必要なものが、しかるべきところに、端然とたたずんでいるさまは、作家の律儀な性格と物語の構成に破綻のない作風を彷彿とさせます。

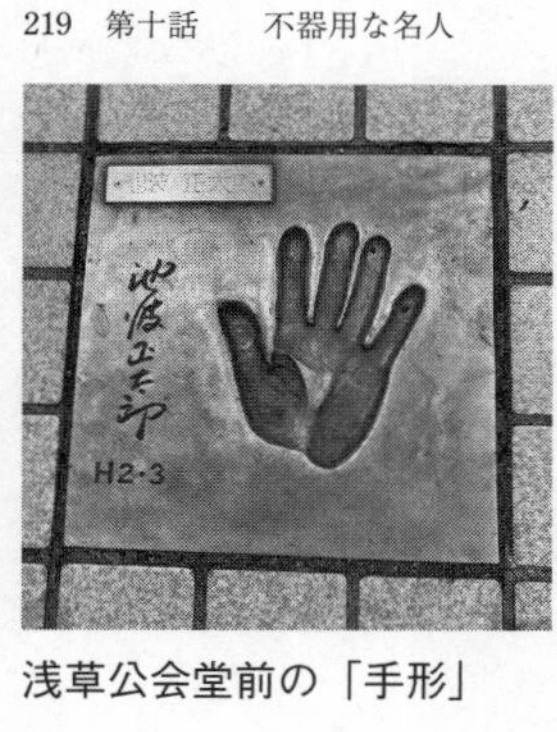

浅草公会堂前の「手形」

〔記念文庫〕まで来たら、ついでに浅草公会堂の入口前の路上に立ってみてください。

足元を見れば、演劇界で名を馳せた人たちの手形が並んでいます。ここに正太郎の手形があるのは、脚本や演出を手がけて、新国劇の隆盛に貢献したからです。

不器用だったという指は太め。でも、稀代の「小説の名手」となった。「不器用の一心に勝る名人はない」という証しがここにあります。

第十一話

「才能」と「意匠」

心身は一如である

創造的な営為とボヘミアン的な生活態度は切っても切れない関係にあるというのは通俗的な神話ですが、小説とはもっぱら才能の問題だと信じきって、感受性と想像力だけで文章が書けるのだと高を括った風狂無頼の作家はいつの時代にもおりました。

しかし、彼らの作家人生を眺めてみると、きまって「書けない」時期がおとずれている。頭でっかち、心でっかちになって、自己を肥大化させたあげく、自分自身をもてあましてしまったようです。

正太郎は、そうした作家たちの執筆態度に理解を示しませんでした。

もとより、〝天才肌〟の作家のように、興がおこると筆をとるというようなこともしない。そもそも才能などという、あやふやなものをあてにしてはいなかった。信じていたのは、修行による成長だけでした。

丹念に資料を読み、こまめに現地を取材する。職人のように毎日、仕事場の机に向かい、文章を砥石(といし)にかける。こうしたことを正太郎は自分に課しました。

まるで判で押したような生活でした。五十歳のころは、午前零時ごろから仕事をはじめ、明け方の四時までつづける。そして、就寝。七時間の睡眠をとり、十一時に起きて、冷たいカルピスをコップに一杯のみ、それから第一食。食後は一時間半ほど近所を散歩し、下半身の屈伸をやって……という明け暮れだった。

時間を流しっぱなしにするのではなく、時間箱に入れることによって、気持ちをととのえる。そうしたリズムが、情熱の維持につながった。変わらない日常をくりかえすことが、自分を大きく変えるのだと信じて疑わなかった。

万事が段取りに組み込まれている。生活のいちいちが創作のために捧げられている。

そうした様子を知るにつけ、ついつい「奥さま、たいへんそう」と思ってしまいます。

そこで、豊子夫人に「たいへんではなかったですか」とたずねてみると、「そりゃぁもう、ねえ……」といって笑っておられました。

正太郎はまた、夏目漱石が病(や)んだ「神経衰弱」とも、芥川龍之介が包囲された「ぼんやりした不安」とも、志賀直哉が患った「頭の病気」とも、永井荷風がもてあました「自意識の熱病」とも無縁でした。

心身一如(いちにょ)。躰(からだ)は心の状態を映し、心は躰のありようを反映するという意味ですが、正太郎は気分転換が上手で、心の病いに囚(とら)われることもありませんでした。

心の緊張は躰の不調をもたらし、逆に体調のよさは元気を生みだす――そうした心と躰の有機的なつながりを早くから感得していました。

正太郎は、本格的に机に向かう時間以外、すなわち散歩をしたり、映画を観たり、食事をしているときでさえも執筆のことが頭から離れない、と述べていますが、心のなかには穏やかな微風がいつも吹いていました。

小説を書く発想の端緒は、およそ小説とは何の関係もない日常のひとコマにふとあらわれる、ということを知っていたかのようです。

飲食も気分転換のひとつで、毎日やってくる愉楽のひとときでした。

浅草の「並木藪蕎麦」にて

しばしば「池波正太郎は美食家だ」というようなことを耳にしますが、正太郎はグルメではありません。珍にして奇なる美味をむさぼることもなければ、カネに飽かしてぜいたく三昧をしようという気もまったくない。

自分なりに旨(うま)く食べられるように工夫する。一食たりともおざなりにしない。命をつなぐための「食」であり、気分転換のための「食」です。一食一食をたのしんで、自分を上機嫌にする。そうした工夫を怠らなかった人です。

創作生活の息つぎに飲む酒は、心気を爽快にさせてくれるもので、人にからんだり、くだを巻いたりということが一度としてない。

一日のうちに着替えもよくしたそうです。出かけるときはもちろん、べつだん用がなくても着替える。出かけるために着替えるのではなく、気分転換のために着替える。服を替えるのではなく、気分を着替える。そういう人でした。

正太郎は一律に流れる時間とはべつに、自分だけの固有の時間をもっていた。

気分転換というぜいたくを身につけて、「時間」をたのしむ。無駄な時間というものが正太郎にはなかったように見えます。

アランに傾倒

わたしたちは怒ると顔が紅潮したり、躰がこわばったりします。悲しいと涙がでるし、緊張すると手指が震えたりする。このように、わたしたちの心は身体的現象と結びついている。

ならば、負の感情や陰の情念をどう制御したらいいのか。

こうした問題に、実践的な考え方を示したフランスの哲学者がいます。

アランです。彼は著書『幸福論』のなかで多くの実践的な知恵を披露していますが、基本となっているのは「心身一如」に基づいた身体性の重視です。
アランはいいます——心と身体を二項対立と捉えてはいけない、と。心のこわばりをほぐすには身体を動かすことだと説くのです。心をあれこれいじくるのではなく、躰を動かし、表情をよそおってみる。だから、笑いたくなくても笑ってみよう。そして、「幸せだから笑うのではない。笑うから幸せになるのだ」と言いきったのです。
こうした考え方に正太郎は大いに共感を示し、作品世界においてもそれを反映させています。

《悲しいから泣いているのではない。
恐ろしいから、泪（なみだ）があふれるのでもない。
ただ、いまこのとき、川村弥兵衛の前で、
（泣いたほうがよい……）
と、三千代の女の本能が命ずるままに、泣いているにすぎない》
（『旅路』）

これなどは、アランの影響がうかがえる文章です。

次の描写をお読みください。

《平蔵は曲折に富んだ四十余年の人生経験によって、思案から行動をよぶことよりも、先ず、些細（ささい）な動作をおこし、そのことによってわが精神（こころ）を操作することを体得していた。

　絶望や悲嘆に直面したときは、それにふさわしい情緒へ落ちこまず、笑いたくなくとも、先ず笑ってみるのがよいのだ。

するとその笑ったという行為が、ふしぎに人間のこころへ反応してくる。〈中略〉

（よし、来い!!）

呼吸がととのい、勇気がわき出てきた》

（〈兇剣〉『鬼平犯科帳』）

感情への耽溺は、錯覚をもたらし、勘を鈍らせる。勘が鈍ると、忍びよってくるのは焦燥です。そして、焦燥に支配されはじめると、情緒は不安定になり、さらなる不安に襲われます。

感情は行動を束縛するという考えに固着せず、ある行動をとれば、それにふさわしい感情がついてくると考えてみる。平蔵がいわんとしていることはこれです。

思考の蛸壺にハマりそうになったら、その傾向に埋没せず、うわべを変えることで望ましい気持ちを呼び込んでみよう。ちょっとした動作に、こうなったらいいなあという心をちょっと添えてみる。そうすることで、あっという間に自分を取り囲む世界をひっくり返せるのだから——右の引用文もまたアランの思想が生かされていますね。

正太郎は、アランの熱烈な愛読者でした。

はじめてアランの著作にふれたのは、太平洋戦争へ出征する前のことで、まだ十九歳でした。『精神と情熱とに関する八十一章』（訳者は小林秀雄）がそれで、こんなふうに回想しています。

《人間の心と躰のつながりを、これほど、たのしく興味ぶかく、わかりやすく書いた本を、私は知らない。それからは夢中で、アランの訳書を探しては読んだ。〈中略〉アランは、フランスの高校の教師として生涯を終えた人だけに、自分が手塩にかけた何千人もの若者の性格と人生を見つづけてきている。それだけに、この老碩学の言葉には、千金の重味と実践が秘められているのだ》

（「忘れられない本」『一年の風景』）

それからというもの、正太郎は心身のつながりを意識するようになり、実生活においても、躰から入っていくことを強く自分に言い聞かせるようになります。

いくつかの随筆では、「私は、仕事の行き詰りを頭脳からではなく、躰のほうから解いて行くようにしている」とか、人間という生きものは、苦悩や悲嘆のさなかにあっても、熱い味噌汁をひと口すすりこみ、うまいと感じるとき、「われ知らず微笑が浮かび、生き甲斐をおぼえるようにできている。大事なのは、人間の躰にそなわった、その感覚を存続させて行くことだと私はおもう」と書き記しています（ともに『日曜日の万年筆』所収）。

とはいえ、老齢になると、病いは知らず知らず、正太郎の心身をむしばんでいったようです。

そこで、『剣客商売』をあらためて読み返してみると、興味深いことに気づきます。はじめの数巻は明るさにみちていますが、作者が体調を悪くしていくと、それを反映するかのように陽気さもまたしだいに失われてゆく。憂鬱な雨、陰気な表情、はずまぬ会話。不調は作者の心に覆いかぶさってしまったようです。

「独創」とは何か

正太郎は、才を恃んで作家になったのではありません。

修行を積んで作家になった。誤解を恐れずにいえば、先人の真似をして、立派な小説家になった。

「真似」というと、とたんに「他人の真似なんかしません。自分は自分ですから」と不満をあらわにする人がいますが、独創は先人たちの蓄積を土台にしたところにしか顔をのぞかせないものです。

この世に新しきものはなく、〝新奇〟なるもののほとんどは過去から引きだされている。世に「独創」といわれるものは、先人たちの営為のうえに、ちょこっとのったものにすぎないのです。

「独創とは何か。発覚しなかった剽窃（ひょうせつ）である」と喝破したイギリス人がいますが、独創とは、別名、気づかれぬ剽窃であるのかもしれません。ヴォルテール（フランスの哲学者）もまた、『省察と格言』のなかで、「独創とは、思慮深い模倣にすぎない」と見抜いています。誰かの真似をするとは、純粋な意味での敬意、あるいはいくぶん大げさすぎる讃辞なのではないでしょうか。

正太郎は画家のゴッホが好きでしたが、ゴッホこそ、修行をみっちり積んだ画家でした。

ゴッホは、レンブラント、ミレー、スーラなどの絵を模写することで、みずからの地歩を固めました。六百枚もの浮世絵を購入して、歌川広重などの模写に励んだことも伝えられています。有名な「自画像」は、スーラの点描法を学んだあとが明らかですが、ゴッホのそれは、点ではなく棒になっており、それがゴッホの〝独創〟になっています。「学ぶ」の語源は「真似ぶ」です。「習う」も「倣う」です。真似て倣うことで基本を体得すれば、その先にある「独創」が射程に入ってくる。模倣のない学習は、支離滅裂になるだけ。正太郎はこのことに気づいておりました。

鬼平の口吻に倣っていえば、さしずめ「修行を経ずしてどうして創意が生まれるというのか。莫迦もやすみやすみいえ」というところでありましょう。

「細工」と「工夫」と「神の助け」

正太郎は、作家の資質は〝才能〟であるとはまったく考えなかった。

才能があるか否かではなく、真似て、要領を得て、工夫をすることがその道に秀でることだと考えた。だから、才能を自己のうちに認めず、恪勤を尽くし、精進を怠りませんでした。

才能などという薄ぼんやりしたものに頼るのではなく、要領をつかんで工夫を積み重ねれば、ものごとはおのずと上達する。勤勉と几帳面は、凡庸と不器用を克服する――正太郎はこのことを証明してみせました。

新しいテーマを獲得するや、こねたり、丸めたり、切り離したりしながら、新たな視点を獲得してゆく。そのときの技倆を惜しみなく出しきり、やっつけ仕事をしない。そして、きっちりまとめて、期日に間に合うように〝納品〟する。こうして、いつ食べても旨い、名匠のつくった和菓子のような意匠を凝らした小説がたくさんできあがった。

正太郎が他の小説家と違うのは、先行作品を新たな視点で書き直していることです。〔賊将〕は『人斬り半次郎』、〔雲州英雄記〕は『英雄にっぽん』、〔勘兵衛奉公記〕は『戦国幻想曲』、〔上泉伊勢守〕は『剣の天地』、〔つるつる〕は『男振』、〔秘図〕と〔さむらいの巣〕は『おとこの秘図』となって、長篇に仕立てられています。奥が深いと見るや、短篇から長篇というふうに、手をくわえ、盛り込み、内容にふくらみをもたせるのです。

〝真田もの〟を眺めてみましょう。

戦国大名に数あるといえども、真田家のような数奇な運命をたどった大名もめずらしい。生き残りをかけて、一家、一族、一国が、いずれが勝利してもいいように、対立する両陣営によしみを通じたり、面従腹背したりする。

正太郎は〔信濃大名記〕（一九五七年）で〝真田もの〟に鍬を入れると、〔碁盤の首〕（五八年）、〔刺客〕（五九年）、〔錯乱〕（六〇年）、〔角兵衛狂乱図〕（六三年）、〔忍者丹波大介〕（六四年）、〔命の城〕（六六年）、〔武士の紋章〕（六七年）、〔男の城〕（六八年）、〔火の国の城〕（六九年）などの作品を次々と発表、ついには集大成というべき、畢生の大作『真田太平記』（八二年）の完成をみるのでした。

真田家の宝暦年間の御家騒動を背景に、家老・恩田木工民親を主人公にえらんだのが始まりで、江戸時代の制度・風俗・経済などをみっちり勉強したことで、視野を大きく広げていきます。一作をものにすると、次に書くものがあらわれる。ひとつ書くと、次に書くべき道筋が見えてくる。こうして物語をふくらませていったのです。

これは〝真田もの〟に限りません。新しいテーマを獲得するや、別の視点で書き改めようとするもくろみをつねに持っていました。場合によっては、ほかの作品の登場人物を配置したりと、そのつど創意工夫を凝らしています。

職人仕事は、細工と意匠です。

真似て、コツをつかんで、細工は流々とくれば、あとは意匠です。いかに工夫を凝らすか。

意匠やインスピレーションは「段取り」から生まれる。「段取り」を決めることで、生活は無意識化してゆく。段取りをちゃんとやれば、天祐神助、文学の神さまが飛来してくる。どうやら、段取りを日常化したとき、職人作家は無我の境地に入り、文学的啓示と出会うようです。

正太郎の師・長谷川伸は、よくこういっていたそうです。

「きみね、神の助けだよ、半分は」

習慣化された段取り

あやふやな才能なるものが創造性を発酵させるのではなく、習慣化された「段取り」が創造的な作品を生みだす――正太郎はこんなふうに考えていました。

先ほどから段取り、段取りと申していますが、なぜものごとには「段取り」が必要なのでしょうか。

それは、納期や締め切りという〝制約〟があるからです。

段取りとは時間内に成果をあげる方法と手順のことですが、そもそもそれは制約あっての手順と方法なのです。

言い換えれば、制約とは「不自由」のこと。不自由があるから「段取り」が必要になる。制約という「不自由」こそが、自由闊達な創造性を生みだす源泉となるのです。

おそらく、締め切りというものがなければ、どんな作家もその物語を完結させることができなかったのではないか。

かのドストエフスキーも締め切りに苦しめられたそうですが、締め切りがなければ、考えていたことが煮詰まることもなかったにちがいありません。締め切りは、いわば思考の圧縮装置なのです。

「不自由」ということに関して、正太郎はたいへん示唆に富む文章を書き残しています。

《人間は生きものだ。生きものであるかぎり、自由の幻想はゆるされない。

自由とは、不自由があってこそ成立するものなのだ。

野生の動物たちの生態を見れば、おのずから、それを知ることができよう。

彼らは、研ぎ澄まされた本能と感覚によって、自分たちの世界と子孫の存続をはかるため、きびしい掟をまもりぬいている。

その上で、草原を走る自由が得られることを、よくわきまえているのだ》

（「収支の感覚」『日曜日の万年筆』）


自由と不自由の関係を、なんと美しい言葉でつづっているのでしょう。思わず胸板が三センチほど厚くなります。

自由を「意匠を凝らした作品」に、不自由を「制約」に置き換えてみましょう。制約を意識してはじめて、意匠を凝らすことができる。逆をいえば、制約への意識がない限り、創意に富んだ逸品を生みだすことができない、ということができましょう。

正太郎は、自分に課せられた制約をおもしろがっているところがあった。たくさんの〝禁止〟を自分に申しつけ、その不自由のなかで、自由を享受していたようです。

さて、そろそろまとめに入りましょう。

正太郎は、書くことの秘伝を明かしてはいません。しかしながら、生活のありさまを望見すれば、書くことの奥義はおのずと浮かびあがってきます。

名匠ローレンス・ブロックが『ローレンス・ブロックのベストセラー作家入門』という本のなかで、正太郎がニンマリするであろうことを書いているので、まずはそれからご紹介しましょう。

ブロックによれば、「才能は、書くという商売においてもっとも重要でない変数のひとつ」であり、仮りに世界でいちばん才能に恵まれた作家であっても、「その才能を磨きあげる鍛錬を怠ればなんにもならない」と喝破しています。

また、ときに偶然、作家になってしまう人がいるけれど、「そういう人が長いこと作家でい続けることはまれだ」と述べ、毎日机のまえに坐り、こつこつと書きためてゆく作家だけが成功するのだ、と断じています。

スティーヴン・キングは、「毎日、午前中だけを執筆にあて、午後は手紙を書いたり、人に会い、夜はゆっくり過ごす」そうです。重要なのは、根を詰めすぎないように、執筆は午前中のみとしていることです。

宇野千代もまた、作家になりたい人に向かって、「とにかく毎日、机の前に座りなさい」と助言していますが、時間をうまく段取って、日々鍛錬を重ねれば、書くことの難儀は徐々に小さくなっていくことを示唆しています。

先に述べたアランは、スタンダールの格言「天才であろうがなかろうが、毎日書くこと」を胸に机に向かったことを明かしていますが、正太郎もまたアランの説き明かした生活知に触発されて旺盛な執筆活動を続けたひとりでした。

共通していえるのは、「毎日」というところです。その日の気分で、机の前に坐ったり坐らなかったりではダメだということ。それから、休息と余暇をしっかりとるということ。むしろ、文学的啓示はそうしたときに訪れるからです。

つまり、段取りを習慣化せよ、ということ。

最後に真打ちの登場です。

正太郎は仕事に向かうときの気構えをこう明かしています。

《なんといっても、自分で自分と闘わなくてはならない。

「書けない」

とおもったら、それこそ一行も書けないのだ。

その日その日に、先ず机に向うとき、なんともいえぬ苦痛が襲いかかってくる。

それを、なだめすかし、元気をふるい起し、一行二行と原稿用紙を埋めてゆくうち、いつしか、没入することができる》

（「仕掛人に憩いなし」『私の歳月』）

もうおわかりですね。毎日、机のまえに坐り、呻吟(しんぎん)しながら、コツコツと書きためていく作家だけが成功するのです。

池波正太郎は「職人的な作家」です。

一流の職人とは、いわば、努力することをあたりまえだと思うがゆえに、自分の努力に無自覚な、「無我夢中を持続できる一途の人」です。

さらにいうと、天才とは、才能があるがゆえに何の苦労もせずに大きなことを成し遂げた人ではありません。突発的に何かがひらめく〝変人〟でもありません。こうしたイメージから、そろそろ天才を解放してあげなくてはいけません。

あえていわせてもらえば、天才とは「無限に努力できる能力」のことであり、「さまざまな工夫を、忍耐力をもってやり遂げた上達の人」なのです。

ならば、正太郎を「天才」と呼んでもいいのかもしれません。

第十二話
命名の達人

一葉へのオマージュ

過日、気まぐれに樋口一葉の『十三夜』を読んでみました。

抒情性の濃い、いわゆる「忍従の女」の物語です。運命を一身に引き受けて生きていく美しさ。不自由のなかに小さな愉楽を見いだそうとするけなげさ。足るを知って分際（ぶんざい）をわきまえる。正太郎が好んだ「知足の美徳」をたびたび行間に感じました。

現代の女性たちにはおそらく擁護されないでしょうが、ぜいたくと快楽をなりふりかまわず追い求める女たちよりも、主人公のお関（せき）のほうが〝上等〟ではないかと感じるのは、おそらく私だけではないでしょう。

読んでいる途中、いまひとつ発見がありました。

それは人物の名前。物語の後半で録之助（ろくのすけ）という男が登場します。録之助は、やけっぱちで、投げやりで、虚無に取り憑（つ）かれている。でも、妙に気にかかる存在。一見、怠惰な男だけれども、ありきたりの言葉では裁断してほしくない、そんな男です。

池波小説のファンであれば、もうお気づきでしょう。録之助といえば、『鬼平犯科帳』の井関録之助。火付盗賊改方長官・長谷川平蔵の剣友で、決心の数だけ失望を味わった不遇の男。乞食坊主になり、あてどのない暮らしをしている。逆境から身を起そうとする意欲もない。でも、心根は健やか。似てますね、『十三夜』の録之助に。

井関録之助――正太郎はこの名を、『十三夜』の録之助から拝借したのではないか。姓の井関も、主人公のお関からちょうだいしたのかも。

ひょっとすると、「井関録之助」という存在は正太郎による、樋口一葉への文学的オマージュではなかったか。

立身出世を夢見ず、その日暮らしに身をまかせる。録之助という男を、消費や蕩尽に愉楽を見いだしつつあった江戸人のアンチテーゼとして、正太郎は『鬼平』によみがえらせたのではあるまいか。ひとたびそう考えると、録之助という虚無的人間が、江戸の爛熟期にあって、昂然たる自負をもった自然人として立ちあがってきます。

じっさい正太郎は、一葉の作品に親しんだことを随筆のなかで明かしています（『青春忘れもの』）。『たけくらべ』には、主人公・美登利に想いを寄せる質屋の〝正太郎〟というのがでてくるのですが、そんなところからも一葉との〝縁〟を感じていたのかもしれません。

命名の極意

さらなる想念がわいてきました。

いったい小説家というのは、どうやって作中人物に名をつけるのか。

菊池寛は気に入った表札の名を借用したそうですが、小説家はみな、記憶の糸をたぐり寄せたり、名簿のたぐいをめくったりと、それぞれに工夫をこらしているようです。

司馬遼太郎は、地名辞典を見たり、電話帳をめくったりしたそうです。直木賞を受賞した『梟の城』の主人公、伊賀の地侍・葛籠重蔵は、大阪市の五十音別電話番号簿から生まれたことを明かしています。

池波正太郎はどうか。『姓氏家系大辞典』（太田亮）や『大日本地名辞書』（吉田東伍）を参考にすることが多かったようですが、身近なところからちょうだいすることも多々あった。

三冬といえば、『剣客商売』の女剣士・佐々木三冬。ぞくっとするようないい名ですね。池波ファンの山本一力さんは、女の子が生まれたら三冬という名をつけようと決めていたようですが、男の子だったので三冬の夫・大治郎と命名したそうです。

静岡県の伊東に〔西東荘〕という旅館があった。いまはもうありません。家庭的な雰囲気の、温泉もあり、料理もうまい旅館だったそうです。正太郎は、そこを常宿にしていた友人で脚本家の井手雅人さんに紹介されたそうです。三冬という名は、この宿の娘さんの名前だったのです。

正太郎は、知り合った人、それも好感をもった人の名前をちょくちょく拝借しています。『仕掛人・藤枝梅安』の彦次郎は、講談社の編集者・大村彦次郎さんからとったというのは有名な話です。

正太郎は、「命名の達人」と呼ぶにふさわしい作家でした。玄妙な味わいさえ醸しだしています。司馬遼太郎は「池波正太郎さんは、ごく自然な意味での隠喩がうまかった」と感心していますが、俗称、あだ名、異名のすぐれた命名者になれるのは、しぐさへの観察眼、こころへの洞察力をもつ者だけでありましょう。

『鬼平犯科帳』には、夜兎の角右衛門、蓑火の喜之助、野槌の弥平、土蜘蛛の金五郎、血頭の丹兵衛、墓火の秀五郎などの大泥棒が登場する。どれもいわくありげな名前ですね。

小泥棒には、船明の鳥平、蓑虫の久、霰の小助などがいます。これまた、見事なネーミングです。

形容もうまい。〔大川の隠居〕に登場する老船頭は「日増しの焼竹輪のような」と形容されている。どんな顔つきか、おおよそ想像がつきますね。

異名とは、その人物に関する情報を簡潔に集約したものですが、そのうまさといったら、正太郎の独擅場であるといってもほとんどさしつかえないでしょう。

小説家であれば、例外なく作中人物の呼び名には気を配るでしょうが、通称や変名をつけてその人物に過去をそれとなく背負わせることは、小説家という肩書きをちょうだいしていても、なかなかにできることではありません。

あまりうまくないのは純文学系の人たち。凝りすぎ。珍奇といおうか、妙ちきりんといおうか、作者の衒いが感じられて、いっぺんに興も醒めてしまいます。

密偵たちの名を見てみましょう。
相模の彦十、おまさ、小房の粂八、伊三次、大滝の五郎蔵、舟形の宗平、豆岩とくる。それぞれがもつ響きと視覚的なたたずまい。そしてそこから連想される顔だち、体軀、性格、過去。ネーミングの妙技に、思わず唸ってしまいます。

『鬼平犯科帳』シリーズに登場する人名の総数は、「鬼平お名前帖」を作成した文藝春秋の編集者・名女川勝彦さんにお聞きしたところ、だいたい一八五〇人前後だそうです。これに商家、旅籠、船宿、菓子の銘柄などの固有名詞を加えれば、倍近くになるのではないかとおっしゃる。シリーズひとつでこんなにもある。あきれるほどの数ですね。

正太郎本人が気に入っていたのは、おなじみの「藤枝梅安」という名です。骨組みのしっかりした、血色のよい、四角ばった顔を連想してしまう。よろしいですねえ。凄味ばかりか、どことなく色気さえ浮かびあがっている。ちなみにその風貌は、アーティ・

ショウの〔ナイトメア〕を聴いているときに浮かんだそうです。

梅安のシリーズでいうと、白子屋菊右衛門なんていう名もいいですね。でっぷりとした体つきと、金目鯛が酒灼けしたような顔。色好みで派手好き。大きな悪を微笑の背後に隠している、そんなイメージが浮かんできます。

名は体をあらわす

名前のイメージは、どうやって浮かびあがってくるのでしょうか。

たとえば、徳川家康という名は老獪な政治家を連想させ、明智光秀は神経質な武人を思わせます。小菊や早百合といった女の名は、清く愛らしい楚々たる少女を、また老いてはたおやかなる麗人を思い浮かべますが、こうしたイメージは記憶や印象といった因子がもたらす心理作用によるもので、よく考えてみればべつだん不思議なことでありません。

名前の本質とは、ある風土、ある生活習慣のなかで、言葉として習得され、流通され、共有され、選別されるうちに存するものです。いわば、「文化的な申し合わせ」のなかで、名前のイメージは醸成されます。

かつて日本では、男の子へは武勇や徳性をあらわした名を与え、女の子であれば貞淑や美しさをあらわす名をつけるという「申し合わせ」がありました。

正太郎は、「名は体をあらわす」という格言の信奉者でした。

文化の土壌と個人の経験に頼って、登場人物に名を与える。人性研究家（モラリスト）らしく、ときには意地悪く、ときにはユーモラスに命名する。命名に際して作者がひそかに抱く願望が、おのずと実を結んで、人物と名の運命的なつながりを感じさせるのを望んだようです。

もとより正太郎は、物語の筋をあらかじめ練っておく小説家ではありませんでした。しかるべき名を与え、それを手もとから解き放ち、その行方（ゆくえ）を追ってゆくという書き方をした。名にひとり歩きをさせたのです。

自宅で音楽鑑賞

名は人間に血をかよわす。そして、血が命ずるままに作者はペンをすすめる。逆からいえば、作者が小説中の人物に引っ張られていくという手法をとったのです。だから、いったん作者の手もとから放たれるや、作中人物は勝手に動きはじめ、作者の意図は及ばないものとなる。

ときに、「名が運命に殉じる」のさ

え、正太郎は潔しとしました。

『鬼平犯科帳』の〔五月闇〕という一篇で、密偵・伊三次はやむなく落命するのですが、それに関して作者は「ぼくだって死なせたくはないんですよ」と語り、「過去とか性格とかがぬきさしならないものとなってしまっている」以上、やむをえない、との心情を吐露しています（〔書く楽しみと苦しみ〕『鬼平犯科帳の世界』）。もはや作者たる自分自身の手にも負えないのだと。

まず名前ありき

池波小説の場合、「まず名前ありき」でした。

名前がないと、人物は過去も性格も持てない。ゆえに物語は前へとすすまない。だからこそ正太郎は命名に気を配ったのです。

さらにいうと、作品のよしあしさえ、ネーミングによって大きく左右されると思い込んでいたふしがある。

一般に広く知られている「仕掛人」は、正太郎の造語です。作者は「殺し屋」のことを「仕掛人」と呼んだわけですが、言葉がひとり歩きして、ものごとの企画をする人を、いまでは「仕掛人」と呼ぶようになりました。

「微苦笑」は久米正雄が、「慕情」は高見順がそれぞれ考案しましたが、「仕掛人」もまるでなじみの言葉であるかのように、わたしたちの日常語になっています。

そのほか、「お盗（つと）め」「勘ばたらき」「引き込み」「草の者」（忍者）……、数えあげたらきりがない。よくもまあ、こうした造語をうまく作品のなかに溶かし込んだものです。なかでも盗みを「つとめ」と呼んだことには脱帽せざるをえません。人の世の所業を見る奥ゆきの深さを感じないではいられません。

最後に余談をひとつ。正太郎自身は周囲からどんな異名をつけられていたのか。

少年のころは、なんと「ものぐさ太郎」だとか「日本一」というあだ名を母方の祖母から〝献上〟されていたそうです。「日本一」というのは、「日本一の怠け者」という意味で、またそれは「日本一の不器用者」という意味も含まれていたそうです。意外ですね。正太郎は段取りよく、ものごとをテキパキと捌（さば）いていた人なのに。

そこで、仮説をひとつ。

――怠け者は創意工夫に走るあまり、勤勉家になりやすい。

無精（ぶしょう）ゆえに工夫に走り、ものぐさゆえに趣向を凝らしてしまう。結果、怠け者は創意工夫の実用化に向けて勤勉になっていくというしだい。どうです、この考え。

正太郎は数多くの作品を残し、丁寧な人間交際をした人として知られていますが、ものぐさゆえの創意工夫が、やがて「勤勉」や「マナー」と結びついたのだと考えられなくもない。工夫というものは奥深く、その根っこには、じつは「ものぐさ精神」が横たわっているのではないか。いずれにしても、異名もまた、多かれ少なかれ、なにかしらの運命をその人に背負(しょわ)せてしまうようです。

第十三話

『鬼平犯科帳』の斬新

半七、登場

きょうは「鬼平」についてしゃべります。

鬼平のあれこれを論じるまえに、まずは『半七捕物帳』の話を聞いていただきます。捕物帳といえば、いまなお岡本綺堂の『半七捕物帳』（大正六年／一九一七）です。なんといっても「捕物帳の元祖」ですからね。

江戸風俗研究家の杉浦日向子さんは、『半七』を読むことをたとえて、「清流に喉をうるおした旅人が、その甘露が忘れられず、度々不意に立ち寄りたくなる」との感慨を語っています。うまいたとえですね。

現代作家にも半七ファンはいて、北村薫さんは「言葉が良いから、読み返す度に嬉しい」と述べているし、宮部みゆきさんは時代小説を書きはじめるとき、その〝感触〟を得るために『半七』に目をとおすと明かしています。

芝高輪（東京都港区）生まれの岡本綺堂（一八七二―一九三九）は、幼いころより

「江戸」の余香につつまれて暮らしておりました。父は百二十石取りの徳川家直参で、漢詩文につうじ、芝居の音曲にも明るかった。母は武家奉公をした下町の商家の娘で、さっぱりとした気性の、きれい好きな女性でした。江戸女の見本が見たければ、岡本のご隠居さんを見ろ、といわれたほどでした。明治五年生まれの綺堂は、江戸の残り香をふんだんに吸収して育ったわけです。

その綺堂が、病いの床にあった折、つれづれに手にしたのが、のちに正太郎も夢中になる『江戸名所図絵』です。綺堂はこれにすっかり心を奪われます。

失われてゆく江戸の面影をなんとかとどめたい。往時の姿をこんにちに残しておく方法はないものか。思案の日々を重ねます。

明治になって英国公使館に勤めだした父の縁で、年少のころから英語をよくした綺堂は、西洋の小説を原文で読んでいました。ほどなくしてコナン・ドイルの『シャーロック・ホームズ』に出会うと、身のうちに探偵物語に対する興味が「油然と」わき起こります。

現代ふうの探偵物語を書くと、西洋の模倣に陥りやすいので、「いっそ純江戸式に書いたらば一種の変わった味のものが出来るかも知れない」との思いにかられて、綺堂は机に向かい、筆をとります。

作品の舞台は、化政期から幕末の江戸あたり。ドイルがホームズの活躍をとおして当時のロンドンの様子を書きとめたように、綺堂は岡っ引・半七の奔走をつうじて、ありし日の江戸を再現しようともくろみました。

《大川の水の上には鼠色の烟りが浮かび出して、遠い川下が水明かりで薄白いのも寒そうに見えた。橋番の小屋でも行燈に微かな蠟燭の灯を入れた。今夜の霜を予報するように、御船蔵の上を雁の群れが啼いて通った》

（岡本綺堂〈石燈籠〉『半七捕物帳』）

これが、綺堂が叙した大川（隅田川）の様子です。

のちに捕物帳は「季の文学」（白石潔）といわれるようになりますが、それは綺堂が物語を四季の景物でくるもうとしたことによります。

じっさい『半七』は、江戸のことをたくさん教えてくれます。虫のなかでも、鈴虫や松虫よりも、きりぎりすがいちばん江戸らしい（〈奥女中〉）……等々。

江戸人の様子もわかります。「江戸っ子は他国の土を踏まないのを一種の誇りとしている」（〈蝶合戦〉）とか。へえと思うようなことがたくさん出てきます。

江戸の地誌・世態・風俗を活写した風物詩と、謎解きのおもしろさを二枚看板にしたことにより、ついに綺堂は時代小説と推理小説の双方にまたがる〝捕物帳〟というジャンルを誕生させたのです。

風通しのよい明晰な日本語にくわえて、さりげなく顔をだす比喩表現も作品の大きな魅力でした。「金杉の浜で鯨を捉まえたほどに驚いた」(「石燈籠」)とか、「大根卸しのように泥濘っている雪解け路」(「春の雪解」)など。うまいことをいうものですね。

江戸を知らない捕物帳作家たち

しかし、綺堂のあとを継いだ捕物帳は、しだいに「謎解き」の要素が大きくなり、江戸の風物詩はだんだんしぼんでゆきます。

世にいう三大捕物帳は、『半七捕物帳』、『右門捕物帖』(昭和三年)、『銭形平次捕物控』(昭和六年)ですが、『半七捕物帳』につづく二作は、綺堂のそれとはだいぶ様子が違います。

『右門捕物帖』(佐々木味津三)は、ふだんは〝むっつり〟としているが、事件が起これば水際立った活躍をする主人公をつくりだし、『銭形平次捕物控』(野村胡堂)は、〝罪を憎んで人を憎まず〟と心得て、投げ銭の妙技を見せることで事件を解決する。それぞれ風物詩への描写はあるにはあるのですが、江戸の風趣に向ける愛情はほとんど感じられません。

どうしてでしょうか。佐々木味津三も野村胡堂も地方出身者だったのです。味津三は愛知県の設楽、胡堂は岩手県の盛岡の出でした。

彼らにつづいた人気捕物帳の作者たちも同様です。横溝正史（『人形佐七捕物帳』昭和十三年）は神戸ッ子、久生十蘭（『顎十郎捕物帳』昭和十四年）は函館出身です。

戦後の人気作家、村上元三（『加田三七捕物そば屋』昭和二十年）は朝鮮半島（江原道元山）、坂口安吾（『安吾捕物帳』昭和二十五年）は新潟の出でした。それどころか、彼らの書いた二作品の舞台は、江戸ではなく明治でした。捕物帳は地方出身者が長く牽引してきたことにより、徐々に「季の文学」から離れ、謎解きの要素を強めていったのです。

昭和三十年代に入ると、日本と日本人も大きく変わります。経済が飛躍的に成長すると、「義理」と「人情」の〝世間〟は後退を余儀なくされ、「効率」や「合理」の〝社会〟が世のフロントに迫りだしてきます。

読み物の世界も、変化の波に洗われます。北九州市出身の松本清張が登場するや、トリックの要素がよりいっそう強まり、読者の目は犯罪の動機と手口に向くようになります。やがて、現代を舞台にした謎解き小説が「推理小説」と呼ばれるようになると、江戸に材をとった捕物帳はずいぶんと色褪せて見えるのでした。

季節の風趣

一九六八年（昭和四十三）、天明期から寛政期（十八世紀後半）にかけての江戸を舞台にした『鬼平犯科帳』が登場します。

作者は、ご存じ、浅草生まれの池波正太郎。作者自身、「江戸の世話もの」は四十歳を過ぎなければ浮ついてしまって上手に書けないことを危惧しており、いわば満を持しての執筆となりました。

池波小説における長谷川平蔵の登場は、一九六四年（昭和三十九）の〈江戸怪盗記〉（「週刊新潮」一月六日号）をもってその嚆矢とします（のちに〈妖盗葵小僧〉として書き改められています）。そして、昭和四十二年（一九六七）、「オール讀物」の十二月号において、「鬼平」こと長谷川平蔵を主人公にした〈浅草・御厩河岸〉という短篇が発表されます。このとき、正太郎、四十四歳。

機は熟したのです。

ところが、火盗改メの長官・長谷川平蔵を主人公にした物語を世に送りだすにあたって、正太郎は通しタイトルに「捕物帳」の文字を入れることを嫌がりました。「捕物帳」とうたったのでは、謎解きの印象が強すぎるというのです。じっさい「鬼平捕物帖」「本所鬼屋敷」「本所の銕」などの候補があがりましたが、どれも斬新さが感じられないということでしばらく抛(ほう)っておかれました。

まもなくして、「オール讀物」の編集者・花田紀凱(かずよし)さんが「鬼平犯科帳」を提案。正太郎も気に入って、よし、それでいこう、ということになりました。

花田さんは、新聞広告に『犯科帳―長崎奉行の記録―』（岩波新書）とあるのをいただいたと回想しています。「犯科帳」とは、犯罪の状況や犯人の刑罰について書かれた調書のことで、もとは長崎奉行所の刑事判決の記録を指す言葉として用いられていました。

あえて〝捕物〟の二文字をはずすことにより、捕物帳に新しい風が吹き込まれました。

自筆の長谷川宣以（長谷川平蔵）年表ノート
池波正太郎記念文庫所蔵

というのは、捕物の二文字は使わなかったけれど、捕物帳が「季の文学」であるという要素を引き継いだからです。正太郎こそが、捕物帳の、いや「季の文学」の正統の継承者でした。

正太郎は、捕物帳という器の中に類型化しない悪の人物像を盛り込み、その心情の襞(ひだ)にも分け入りました。そればかりか、人情話を盛り込むことによって、日本人が好んでやまない「世話もの」の魅力もぞんぶんに描いたのです。もちろん、季の風趣を加えて、江戸の匂いを物語にかよわせることも忘れませんでした。


《舟は大川橋（のちの吾妻橋）をくぐり、尚も、大川をさかのぼっていた。

西岸は、浅草・山之宿の町なみの向うに、金竜山・浅草寺の大屋根が月光をうけて夜空に浮きあがり、東岸は、三めぐりの土手から長命寺、寺嶋あたりの木立がくろぐろとのぞまれる。

「旦那。明日は雨になりやすよ」

と、友五郎。

「何をいう。月が出ているではないか」

「月よりも、大川の隠居のほうがたしかでございますよ」》

（「大川の隠居」『鬼平犯科帳』）


こうして捕物帳のイメージが重層的になると、あとにつづく者たちもそれぞれの翼を広げ始めました。

『なめくじ長屋捕物さわぎ』をご存じですか。ハッチャケた、べらぼうにおもしろい捕物帳です。作者の都筑道夫（東京生まれ）さんは、執筆のたびに綺堂の『半七捕物帳』を読み返して、江戸の雰囲気をつかむ伝手としたことを告白しています。

それから、平岩弓枝（東京生まれ）さんの『御宿かわせみ』。人情ものの要素が強い捕物帳ですが、その作品数からいっても、もはや大河小説と呼んでもいいでしょうね。月夜の萩、雛（ひな）祭り、七夕などが物語の歌枕となって、季節の風物詩をぞんぶんに味わうことができます。

都筑道夫と平岩弓枝、この二人の才華もおたのしみください。

鬼平の誕生秘話

鎌倉時代から南北朝時代にかけての江戸は、平氏の流れをくむ江戸氏のものでした。江戸の地名はこれに因（よ）ります。

江戸の名がはじめて日本の歴史にあらわれるのは、鎌倉幕府の歴史をつづった『吾妻鏡』だとされますが、南北朝の動乱を経て、江戸氏は影をひそめてしまいます。がしかし、江戸という地名はそのまま残りました。

戦国時代の長禄元年（一四五七）に太田道灌（どうかん）が江戸城を築くと、江戸は広くその名を知られるようになりますが、とはいえ、京から百三十里も離れた辺陬（へんすう）の地にすぎませんでした。

やがて天下を手中におさめた豊臣秀吉は、天正十八年（一五九〇）の初秋、徳川家康を江戸の地へ封じますが、そのころの江戸は多くの川が流れる草深い片田舎でした。どこもかしこも汐入の葦原で、家康が江戸に入ったころは、城下に萱ぶきの民家が、わずか百軒ほどしかなかったといわれています。

そして、家康の開府から寛永、明暦、元禄の時代を経て、安永、寛政、文化、文政の爛熟期を迎えると、江戸は豊かな自然を残しつつも、巨大な町へと変貌を遂げます。

だが、人のあつまるところには悪もまた忍びよる。鬼平が活躍したのは、まさに悪がはびこっていた時代です。

正太郎が四百石の旗本・長谷川平蔵宣以（幼名・銕三郎）の事績に関心をいだいたのは、二十代の後半、師・長谷川伸の蔵書をあれこれと眺めていたときだと伝えられています。

長谷川平蔵は、実在の人物です。二十三歳の折、旗本の子息三十人とともに十代将軍・家治に初御目見しています。天明七年（一七八七）九月十九日、火付盗賊改役を拝命。

八年後の寛政七年（一七九五）五月十六日、病いによって職を辞し、五月十九日に亡くなっています。寛政七年に五十歳で死去したことから、生年は延享二年（一七四五）ということになります。

正太郎は三十代前半のころ、江戸幕府が十四年の歳月をかけて大名・旗本・幕臣の系譜を編んだ『寛政重修諸家譜』全九巻（栄進舎／大正六年発行）を古書店で入手すると、この快男児にますます興味をかきたてられます。

若いころに「本所の銕」と異名をとったこの〔火盗改メ〕の長官との出会いを、作者はのちに「平蔵と私には何やら一つの共通点があって、そこに、たまらなく、こころをひかれた」と述懐しています。若き日に無頼の徒だった長谷川平蔵は、齢を重ねて、世情につうじる勘ばたらきを身につけた人でした。そのことに作者は、たいへん親近感をもったようです。

「本所の銕」という仇名は、『京兆府尹記事』（平蔵が没してから四年後に書かれた文献）に見ることができます。そこには「遊里へ通い、あまつさえ悪友と席を同うして、不相応のことなど致し、大通といわれる身持ちをしける。その屋敷が本所二ツ目なりければ、本所の銕と仇名せられ、いわゆる通りものなりける」（巻九）とあります。「大通」とは、遊興にくわしい粋人のことです。しかし、平蔵を「鬼」と称した歴史的文献は見あたりません。「鬼平」という通り名を与えたのは正太郎でした。

『鬼平』の斬新

長谷川平蔵が火盗改メの長官に就任したのは、将軍の側用人として権勢をふるっていた田沼意次が失脚し、〝寛政の改革〟で知られる松平定信が老中首座に任じられた天明七年（一七八七）のことでした。

「天明のころからの飢饉つづきで、諸国から江戸へ群れあつまる無宿者たちが跡を絶たぬ。江戸の町は彼らの面倒をいちいち見てはおられず、凶年うちつづく間、これらの窮民は乞食となり、あるいはまた無頼の徒と化し、盗賊に転落する者も少くない」（〈むかしの女〉）とあるように、物語の舞台となっているのは、天明（一七八一～八九）から寛政にかけての物情騒然とした混乱期。天明三年の浅間山大噴火に始まる大凶作、世にいう「天明の大飢饉」に見舞われた時代です。

米価が高騰し、全国で餓死者が相次ぎました。農村は疲弊し、都市では米穀商への打ちこわしが続発、さらには疫病が流行し、大きな社会不安が蔓延していました。他国へ逃散する者が絶えず、なかには江戸へ流れ込んで無宿人や菰かぶりとなり、食いつめたあげく、火付けや盗みをはたらく者もおりました。このような時代に「火付盗賊改」（略称「火盗改メ」）が加役され、町奉行所が尻込みするような兇賊の取り締まりに乗りだしたのです。

『鬼平犯科帳』の連載が始まったのは、一九六八年（昭和四十三）です。江戸が滅んでちょうど百年目。この年、マーティン・ルーサー・キング牧師とロバート・ケネディ上院議員が暗殺され、パリに五月革命が起こり、プラハの春にソ連が軍事介入、ベトナム戦争が激化します。日本でもベトナム反戦デモが高揚、各地で学園紛争の嵐が吹き荒れ、新左翼の学生が新宿駅を占拠、過激派学生の取り締りに便乗した三億円強奪事件が起こる。長谷川平蔵がよみがえったのは、まさにこうした混沌とした時代だったのです。

『鬼平犯科帳』は、時代の要請にこたえた小説でした。

当時は、それぞれが自分の「正義」を声高に叫び、それに首肯（しゅこう）しないものを徹底的に殲滅（せんめつ）しようとする時代でした。

そうした価値紊乱（びんらん）の時代にあって、正太郎は物語を単純な勧善懲悪（かんぜんちょうあく）で描こうとはしませんでした。悪漢にも善玉と悪玉があり、追いつめる官憲にも非情と有情がある。情理を兼ねそなえた一個の人間のなかには善と悪とがあり、なにかの加減でどっちかが出てきたり引っ込んだりする。そうした心のありさまを微細にわたって描いてみせたのです。

騒然とした世の中に向けて、ちょいとみなさん、イデオロギーとやらで右往左往していますが、人間ほんらいのありようへも目を向けたらどうですか、と静かに語りかけたのです。

あとからふりかえると、『鬼平犯科帳』は、カオス（混沌）をコスモス（秩序）へ変換する文化装置として重要な役目を果たしていたように思われます。

役者を見る眼

原作の連載が開始されると、NET（現・テレビ朝日）でのテレビ放映がすぐさま決まりました。一九六九年（昭和四十四）のことです。

主演は、二代目中村吉右衛門の実父・八代目松本幸四郎（のち白鸚）です。正太郎が幸四郎を名指ししたのは、「幸四郎氏の若き日も、何やら鬼平や私の若き日と似ていることを、私は知っていたから」です。

全九十一話が放映され、好評を博しました。その後、鬼平役は、丹波哲郎、中村錦之助（萬屋錦之介）に引き継がれ、これも人気を博しましたが、じつは正太郎には意中の人がおりました。

幸四郎（白鸚）の実息・中村吉右衛門です。舞台を見て、直感したそうです。まさに具眼の士、吉右衛門の埋蔵量をすぐさま見抜いたのです。

しかし、吉右衛門は出演の打診を受けるも、「まだ若いから」という理由で、鬼平役を辞退しつづけました。三十代半ばのころの話です。

ほかの役者から「鬼平をやりたい」という声があっても、正太郎はうんといわない。じっと待つだけでした。

四十の半ばにさしかかろうとするころ、正太郎の意を汲んだ市川久夫プロデューサー（正太郎が信をおいた人）がふたたび吉右衛門のもとをおとずれます。

「これ以上、お待たせするわけにはいかない」

吉右衛門は思いきわめました。こうして吉右衛門の〔鬼平〕が誕生します。

果たして、どうだったか。

最初のテレビ放映（一九八九年七月十二日）を観終えた正太郎は、感無量の声をあげました。

「今回は中村吉右衛門の平蔵で、これを実現させるのに五年ほどかかった。プロデューサーの市川久夫さんも、よくねばってくれた。吉右衛門の鬼平は、第一回のときの父・松本白鸚に風貌が似ていることはさておき、実に立派な鬼平で、五年間、待った甲斐があったというものだ。〈中略〉テレビが終ってすぐに、吉右衛門さんから電話がある。労をねぎらい、原作者として満足したことをつたえる」

日記にこう書き記した正太郎は、それからまもなくして黄泉（よみ）の国へ旅立ちました（平成二年五月三日）。

コスモスとしての〈鬼平犯科帳〉

一九五三年（昭和二十八）にテレビ放送が始まったときから、時代劇はテレビ番組に欠かせぬものとしてお茶の間に浸透してきました。歴史時代劇、チャンバラ時代劇、娯楽時代劇……あまたの時代劇が生まれました。股旅もの、剣豪（士道）もの、捕物帳、仇討ちもの、市井（しせい）もの、お家騒動もの……。

しかしながら、テレビドラマはつくられたときに注目されればよいもので、映画や演劇のように古典として残るものではない——そんな考え方がテレビ界には牢固（ろうこ）としてありました。

そんな俗言を一蹴してみせたのが、中村吉右衛門版の〔鬼平犯科帳〕です。……陶然となりましたね。ブラームスの交響曲を聴いているようなリリシズム（叙情性）を感じたほどです。

一九八九年（平成元年）七月十二日、〝鬼平伝説〟は始まりました。

テレビ〔鬼平犯科帳〕が評判をとったのは、「昭和」から「平成」への代替わりのときに登場したことと無縁ではありません。

ときは日本が大きく変わろうとしていた激変期。貨幣が神のように崇めたてまつられ、人びとは浮き足立って「バブル景気」といわれる狂騒の渦へ身を投じようとしていました。

実在の鬼平が火盗改メの長官として登場したのが物情騒然とした天明の混乱期であったことを考えると、その偶然の一致に大いなる感興をかきたてられます。

〔血頭の丹兵衛〕をのぞいてみましょう。

丹兵衛は、あこぎなまねも平気でする盗賊になりさがってしまった。そうでなくちゃあ、当節、生きていけねえ、というのです。

「なに、こいつはおれたちの稼業にかぎらねえことよ。上は大名から下は百姓まで、手前が生きのびるためには他人を蹴落してゆかねえじゃあどうにもならねえ。いい儲けをしてにたにた笑っていやがるのは商人どもばかりの世の中だ」

このセリフは、たしかに時代の世相を反映していました。〔鬼平犯科帳〕は、「我欲」に逆らう「人情」を活写することで、カネを求めて狂奔する日本人に頭を冷やせといわんばかりに冷水を浴びせかけたのです。その登場は絶好のタイミングでした。そして、このことは、わたしたち日本人にとって、まさに天の思し召しでした。

「時代」というのは、神話が形成されるときの必須条件です。時代はその器に見合った夢を見るのだとしたら、わたしたち日本人の夢を長谷川平蔵はたしかに体現していました。

川本三郎さんの名言に、「美学とは、何かをすることではなく、何かをしないと心に決めることだ」というのがありますが、禁止事項をみずからに課した、吉右衛門が演じる長谷川平蔵という一個の肉体には、古い日本の最良なるものが結晶化されており、それが現代日本人の情理に訴えかけたのです。人情の機微、情況への果断、朋友への信義、弱者への情愛といったものを目のあたりにしたわたしたちは、気持ちをなごませ、冷静になり、ときに自身の内奥にひそむ勇気すら感じたのです。

ここでもまた〔鬼平〕は、カオス（混沌）をコスモス（秩序）へ変換する装置として機能し始めたのでした。

スタイリッシュな吉右衛門

幸四郎の鬼平は、字にたとえていうと真四角な「楷書」というイメージがありましたが、吉右衛門の鬼平は「草書」のたおやかさをもった、力強くて流麗な「行書」という感じがします。

執務から眼をあげ、庭先にいる密偵に〝おっ〟と気やすく声をかけ、すっくと立ちあがり、やや大股で歩き、片膝を立てる。そのわずか数秒の動きにすら、えもいわれぬ勇み肌の気風が匂い立つ。

「若い頃の平蔵は、喧嘩っ早く、そのうえ博奕なんかもやった、威勢のいい男だったんです。その雰囲気をだそうと思い、あのように立て膝にしたんです」

吉右衛門さんは私とのインタビューにこう応じてくれました。

〝艶〟と〝凄み〟をうまく融合させたところに吉右衛門の大きな手柄があります。

時代劇は古めかしいものだが、〔鬼平〕はちっとも古くさくない。わたしたちが暮らす時代の心情と重なり合うところがあるばかりか、現代劇よりもさらに洗練されたかたちで映しだしてみせたのです。

時代劇には「箍」というものがある。「やってはいけない」ことがあり、一線を越えてはならない約束事がある。それを禁欲的に守ろうとするストイシズムが時代劇の中核というべきものであり、そのストイシズムが〔鬼平〕をしてスタイリッシュなものへと変貌させたのです。

武家社会の不自由さや窮屈さが、逆に生きる姿を凛然と際立たせる。そのせめぎ合いを活写したところに、スタイリッシュはその横顔をちらりと見せるのでした。スタイリッシュとは、屹立する上品さのことです。〝なんでもあり〟とうそぶくモラルを欠いた人間が、欲望をむきだしにすることで品性を失っていくのと対照的な図を〔鬼平〕はわたしたちに見せてくれたのです。

テレビ〔鬼平〕の魅力は、吉右衛門の粋で洒脱な、水際立った男っぷりにあるだけではありません。ヒーローには、敵対する者の存在が不可欠だし、支えてくれる仲間も必要です。それなくしては、物語は内実を深めることもできません。

むろん、上質のドラマに仕上げるのには、脚本や演出など、作り手の技倆も大いに問われます。さいわいなことに、〔鬼平〕にはさまざまな分野から一流の職人が結集しました。粋をきわめたスタイリッシュな時代劇として結実したのには多くの理由があったのです。

二〇一六年（平成二十八）、二十八年にわたって多くの人びとに愛されてきた〔鬼平〕は最後の光芒を放って、ついにその幕を引くことになりました。

終わりに際して、吉右衛門さんに心境をうかがった。

「鬼平は、単純な勧善懲悪で人を裁断しないという人間観をもっております。歌舞伎という世界しか知らない自分が、このような大きな人物を演じさせていただいたことで、人間の見方も少しは変わってきたように思います」

謙虚にこう述べられた。

そして、そのわずか五年後に吉右衛門さんはあの世に旅立たれました。享年七十七。原作者・池波正太郎をして「まさに天の配剤」とまでいわしめた吉右衛門の鬼平。貴重な映像を数多く残してくれたことに心より感謝したい。

最後に、私のすすめるテレビ〈鬼平犯科帳〉の傑作選を放映順に挙げさせていただきます。なお、どの作品にも主演・中村吉右衛門の名がないのは、あらためて言及するまでもないからです。

・「血頭(ちがしら)の丹兵衛(たんべえ)」(蟹江敬三・島田正吾・日下武史ほか)
・「狐火(きつねび)」(梶芽衣子・速水亮ほか)
・「笹やのお熊」(北林谷栄・江戸家猫八ほか)
・「盗法(とうほう)秘伝」(フランキー堺ほか)
・「むかしの男」(多岐川裕美・鹿内孝ほか)
・「山吹屋(やまぶきや)お勝」(風祭ゆき・北村和夫・森次晃嗣ほか)

・「敵」（綿引勝彦・江守徹・浜田寅彦ほか）
・「殿さま栄五郎」（長門裕之・鳳八千代・中谷一郎・高橋長英・橋本功ほか）
・「おみね徳次郎」（宮下順子・峰竜太・小松方正ほか）
・「むかしの女」（山田五十鈴・浅利香津代・田中浩・近藤洋介ほか）
・「本門寺暮雪」（夏八木勲・草薙幸二郎・菅田俊ほか）
・「妙義の團右衛門」（財津一郎・菅原謙次ほか）
・「密偵たちの宴」（梶芽衣子・綿引勝彦・蟹江敬三・江戸家猫八・三浦浩一・青木卓司・戸浦六宏ほか）
・「土蜘蛛の金五郎」（遠藤太津朗・赤塚真人・尾美としのり・竜雷太ほか）
・「艶婦の毒」（山口果林・尾美としのり・遠藤征慈ほか）
・「五月闇」（三浦浩一・池波志乃・速水亮ほか）
・「大川の隠居スペシャル」（大滝秀治・蟹江敬三ほか）

テレビ〔鬼平犯科帳〕に興味のある方は、小生が監修した『鬼平犯科帳を極めるザ・ファイナル』（扶桑社）をごらんください。二十八年の歴史と全一五〇話についてまとめた案内本です。これでもかというほど、〝極めて〟おります（笑）。

ちなみに、正太郎自身が自選作品として挙げている原作は、「盗法秘伝」「山吹屋お勝」「大川の隠居」「本門寺暮雪」「瓶割り小僧」の五篇です。

第話

「歴史」と「小説」のせめぎ合い

「歴史小説」と「時代小説」の違い

かつて純文学の作家たちは、時代の知性と良心の代表者であり、オピニオンリーダーとしての威厳をそなえていました。だから、とうぜんのごとく、大衆文学やミステリー小説を軽んじておりました。

そうした時代にあって、正太郎はいろんな小説を読んでいました。ジャンルは問わない。私小説、官能小説、探偵小説……分け隔てなく旺盛に読んでいた。

問題はただひとつ。小説を上手に書いてあるかどうか。

言いかえれば、おもしろい小説か、つまらない小説か。評価の基準はそれだけでした。

正太郎は形式や分野で好き嫌いをいわなかった。どんなものでも、頂点をきわめているものには「普遍性」があることを知っていたからです。

さて、過ぎ去った時代に題材を求める小説に、「歴史小説」と「時代小説」という二つのジャンルがあります。

この大別は便宜的な符牒にすぎないものですが、歴史小説は史実に沿って文明や国家の興亡を叙事詩ふうに描いた小説、時代小説は時代の衣裳を借りて今日的な意味と課題を作品のなかに見いだしている小説といえましょう。

正太郎は、その違いを「どうでもいい」とし、あえていうなら、「歴史小説とは、歴史の資料を克明に調べて、その中から論断と観察を生み出すもの」であり、「時代小説とは、歴史を背景にしたフィクションだといっておいてもよいだろう」と定義しています。

大ざっぱにいえば、ノンフィクションの要素が強いものが歴史小説、フィクションの占める要素が大きいものが時代小説と分けてもよさそうです。どちらもそれぞれの長所を発揮して、これまで多くの読者を獲得してきました。

ところがいま、人気の面では、時代小説のほうがまさっているようです。出版される点数も、時代小説が圧倒的に多い。

小説家たちも、時代小説には挑戦するものの、歴史小説には尻込みしてしまうとか。史料を読みこなしたり、綿密に取材をするのが億劫なのでしょうか。

英雄小説の衰退と司馬遼太郎

そこでいろいろ調べてみると、歴史小説が衰退している背後には、大きな存在が横たわっていることが判明しました。

司馬遼太郎です。

端的にいうと、二つの理由がある。ひとつは、司馬の歴史小説を超えられないと思い込んでいる小説家が多いということ。もうひとつは、歴史小説を書くと、歴史家や思想家から批判を受けることになりかねないということ。

たしかに、司馬遼太郎は歴史小説の大家であるいっぽう、多くの批判にさらされてきた文明批評家でもあります。主題はつねに日本と日本人の来歴であり、またその行動と気質が世界文明のなかで持つ意味でした。

司馬遼太郎は次のようなことを叙しています。

《ビルから、下をながめている。平素、住みなれた町でもまるでちがった地理風景にみえ、そのなかを小さな車が、小さな人が通ってゆく。

そんな視点の物理的高さを、私はこのんでいる。つまり、一人の人間をみるとき、私は階段をのぼって行って屋上へ出、その上からあらためてのぞきこんでその人を見る。おなじ水平面上でその人を見るより、別なおもしろさがある。

もったいぶったいい方をしているようだが、要するに「完結した人生」をみることがおもしろいということだ》

（司馬遼太郎〈私の小説作法〉『歴史と小説』）

歴史上の人物の「完結した人生」を〝上〟から鳥瞰するのはあたりまえの視点ですが、これを「鳥瞰という方法」だとして批判する人たちがいます。

そこでは、鳥瞰は高みからの視線、すなわち権力や体制の目線であり、虫瞰は下からの視線、すなわち庶民や市井の目線という意味づけがなされている。どうやら、鳥の目は権力意志につうじ、虫の目は被抑圧者の気持ちにつながるらしい。

歴史物語を書く小説家が〝上〟から睥睨して、ある人物の「完結した人生」を解釈するのはあたりまえの手法です。というか、それ以外にどんな視点があるというのでしょうか。

作家・隆慶一郎は、歴史小説を書く理由を問われると、きまって「死人のほうが、生きている人間よりたしかだから」と応じ、死者たちの決然とした風貌の見事さを強調しましたが、これとて司馬のいう「完結した人生」を言い換えたものでしょう。

たしかに、天下人について書く場合、誰それはこんなふうにして天下を取ったということを、結果を知ったうえで書いているわけですから、なるべくしてなったという英雄伝説ばかりをあつめてしまいがちです。

そうなると、いきおい英雄は、偶像化され、神格化される。そういう落し穴はたしかにある。しかし、司馬遼太郎こそ、そうした歴史小説の陥穽にはまらなかった小説家ではないでしょうか。

歴史学者のなかには、司馬遼太郎の歴史小説は「英雄史観」だとして批判する者がいますが、そう述べる根拠が私にはまったくわからない。英雄を描けば英雄史観になり、それがすなわち歴史を歪曲したことになるのか。また、司馬の歴史小説は英雄小説にすぎないとくさす文芸評論家がいますが、歴史小説に英雄が顔をだしてはいけないのか。

彼らは「歴史学」と「歴史小説」の違いもわかっておらず、それゆえに「視点」と「手法」も混同しているようです。司馬遼太郎は「視点」について語っているのであり、「手法」について述べているわけではありません。

たしかに歴史は英雄の力だけではつくられません。しかし、歴史は無名の庶民がつくったと言いきっていいものか。民衆史観とやらだけが「正しい歴史認識」なのか。その理屈にも納得がいきません。

いささか気負っていえば、そもそも「正しい歴史認識」なんてものはないのです。ないのが健全なありようです。

時代や場所や価値観を考慮することなく、いまの自分たちの考え方だけを、最良で、唯一のそれと思い込んで押しつける人を「無知」というのではなかったか。

英雄がいなければ、歴史は違ったものになっていたでしょう。というか、英雄のいない歴史とはどのようなものか。

天下人や英雄偉人の存在から目をそむけ、そんな連中がいようがいまいが、歴史は同じように動いたはずだとでもうそぶくのでしょうか。彼らの先見性や革新性をないがしろにしていいのか。

たとえば、関ケ原の戦いで西軍が勝利し、豊臣政権が続いていたら、こんにち首都が東京になっているようなことはなかったし、その影響はたんに首都の位置の問題だけにとどまるものではなかったでしょう。

たとえばまた、幕末の志士たちが倒幕に奔走しなければ明治維新は起こらなかったでしょうし、日本は欧米諸国によって植民地化されていた可能性さえある。江戸幕府の最後の将軍が明敏な徳川慶喜でなかったら、あるいは慶喜が別の決断をしていたら、違う結末となっていたことは容易に想像できます。

英雄を語ることは、かならずしも英雄礼讃を意味するのではありません。わたしたちは、英雄の「完結した人生」を眺めることで、何を美しいと思い、何を手に入れようとしたのかを知ることができる。そればかりか、英雄のなかに、時代を切り拓く勇気や才覚、欠点や誤謬すらも見いだすことができるのです。

こうした英雄ぎらいの批評家たちの態度に業を煮やした作家・丸谷才一は「いったい左翼的な歴史小説論は、民衆を描かなければならないと説教するのを決め手にしてゐるやうだが、わたしに言はせれば、民衆でも上流階級でも、英雄でも庶民でも、とにかく何かを描くことに成功してゐれば時代と社会をとらへてゐるのである」（「司馬遼太郎論ノート」『みみづくの夢』）と述べ、イデオロギーで歴史小説を裁こうとする姿勢に疑義をはさんでいます。

至極もっともな主張というべきでしょう。

司馬遼太郎は、英雄崇拝主義を信奉する「英雄史観」の持ち主なんかじゃありません。ただ人間のありさまを描いただけ。司馬本人が憎んだのは、世の実相を見ない観念主義者と教条的な官僚主義的人間ですが、司馬批判者の多くがそうした観念的理想主義者の相貌を持っていたことを想えば、彼らの〝批判〟も納得がゆくというものです。

かつて司馬遼太郎は、歴史家や批評家たちに向けて、こう語ったことがあります。

「作家は史観では小説は書けない。いや、書かないのです。あるのは、人間に対する強烈な関心だけ」

歴史をありのままに伝える吉村昭

もうひとりは、史伝作家の吉村昭という存在です。

あえて史伝というのは、史料のみを典拠にしてフィクションを排そうとする姿勢が強烈だからです。史料を根拠にしながらもフィクションを随所にまじえている歴史小説とはそのへんのところが異なります。その意味において、史伝を記録文学、史伝作家を記録文学者と呼んでもいいのかもしれません（吉村本人は自分の書いている作品を「記録文学」と呼んでいました）。

史伝の醍醐味は、歴史の定説に挑みかかる情熱です。

主題に関係ありと思われるものは、どんな些細なものであっても、「史実をことごとくあさり、その堆積の上で小説を書く」というだけあって、その徹底ぶりはすさまじい。時代背景はむろんのこと、登場人物たちの人格や心理までも史料に依拠しようとするのです。

先入観を排して史料を読み、真贋を見抜き、共感や反感を抑えて事実を追う。過去を現在の価値観で裁くこともまた、みずからに戒めています。もちろん自身の理想や願望も人物に託さない。説話調にならないし、物語ろうともしない。〝作話〟もなければ、〝演出〟もない。ただ事実を描写するだけ。

そんなものを読んでおもしろいのか。

それが、すこぶるおもしろい。吉村昭の言葉を借りれば、「歴史のほうで起承転結を準備してくれる」し、「史実そのものがドラマ」なのです。

余談ですが、吉村昭は第一回司馬遼太郎賞の受賞者に推挙されましたが、辞退しています。おそらくそれは、自分の書いている「記録文学」が、司馬遼太郎の目指した「歴史小説」とは異なっているという想いがあったからでしょう。

さて、あるとき吉村昭は、外交官・小村寿太郎のことが気にかかりました。それは、日露戦争後に開かれたポーツマス講和会議の史料を読んでいるときでした。

小村寿太郎といえば、戦勝国・日本を代表する、日露講和会議の全権委員になった人物。しかし、ロシア側の要求を聞き入れて条約を結んだ「腰抜け外交官」ということになっている。吉村昭は、史実をひとつずつ検証していくうち、その定説は間違っているのではないかとの疑義をもつようになります。

当時、連戦連勝はしていたものの、戦さをこれ以上つづければ、日本は敗北するのは目に見えていた。それを避けるには、譲歩してでも、すぐに戦争をやめるべきだ。小村はそう考えて、ロシアの要求を一部いれて条約締結に持ち込んだのでした。

結果、日本が手にした領土は南樺太だけで、賠償金はまったく得られなかった。ロシアから巨額の賠償金や領土の獲得ができると信じ込んでいた国民は、小村を声高に非難し、放火、暴動まで起こした。

吉村昭は、取材のため、小村寿太郎の生地である日南市（宮崎県）を訪れます。

しかし、誰も吉村を歓迎しない。小村は「屈辱外交」をした、日南市にとっては不名誉な存在だったのです。そんな人物を小説に書かれるということは、郷里の恥を天下にさらすようなものだという意識があったらしい。

なにひとつ話も聞けないし、資料も得られない。そうした仕打ちを受ける。

しかし、吉村昭はめげない。地元の空気がどうあれ、史料あつめに奔走、外務省の外交史料館へおもむき、ポーツマス（アメリカ）にまで足をはこぶ……そうした日々を重ねます。

やがて、小村寿太郎の実像に迫った『ポーツマスの旗』が上梓されます。と、すぐさま空気が一変、定説が根底から揺らぎ始めた。……あとは歴史が知るところです。

日南市では、小村寿太郎は歴史に残る「名外交官」であったとの認識が徐々に浸透し、現在では小村寿太郎記念館が建立されるなど、郷土が生んだ英雄を讃（たた）えています。

これは歴史小説が歴史認識をくつがえした例ですが、吉村昭が偉大なのは、これだけにとどまらないということ。定説に挑んだものや、新たな歴史を発掘したものが、ほかにもたくさんある。『戦艦武蔵』『関東大震災』『間宮林蔵』『長英逃亡』『桜田門外ノ変』『ニコライ遭難』『アメリカ彦蔵』『海の祭礼』『大黒屋光太夫』……思いつくだけでもこれだけある。それも歴史学者が束になってもかなわないような大きな仕事を全部ひとりでやり遂げている。

歴史の真実というものは、〝空気〟がつくる「定説」のなかには存在せず、たえまない見直しのなかで再発見される「史料」のなかにのみ存在するということを、吉村昭は証明してみせたのです。

歴史学者は、吉村昭をご本尊にして祀ったらどうか。歴史小説や史伝の勃興を願わないではいられません。

虚実のあいだにたゆたっている真実

歴史小説のやりにくさはまた、歴史学から厳しく検証されるという点にもあらわれています。歴史小説はどうも歴史学のまえで萎縮しているというか、膝を屈しているように思えてなりません。

そうした風潮に異議を唱えているのは藤沢周平です。

《歴史というものは、よほど権威があるものらしく、間違って記されたり、いい加減に書かれたりするとたちまち激怒するのである。どういうわけかかなりいばり屋で、誰か間違ったことを書きはしないかと、いつもあたりをにらみ回している。

では歴史小説は、あがめたてまつって歴史をのべるものだろうか。むろんそうではなく、歴史小説は歴史小説という小説であろう。しかし歴史がそういばるところをみると、この小説の主人は歴史で、小説という部分は家来なのだろうか》

（藤沢周平〔試行のたのしみ〕『ふるさとへ廻る六部は』）

歴史小説というものを考えるうえでたいへん示唆に富む指摘です。

司馬遼太郎もまた「歴史家は、俠気というものを信用しようとはしない。すべての歴史上の人物の行動に、なんらかの経済的理由や政治的理由を見出そうとするのだが、何千年の歴史のなかには、きわめてまれに、純乎たる俠気が歴史を動かす場合もありえてふしぎではない」と語り、歴史学の限界をほのめかしています。

小説と歴史という「主従の転倒」に疑問を投げかけたもうひとりの作家がいます。池波正太郎です。正太郎は、世に流布されている西郷隆盛の「征韓論」について、次のような異議申し立てをおこなっています。

《西郷隆盛の〔征韓論〕は――朝鮮との戦争をひき起すことによって、もう彼の手では押えきれなくなっている下級士族の不満を外に発散させようというねらいと、陸軍大将としての彼の権威のもとに、国内の軍政的改革を実現できると信じた……などと、現代の学者たちは言う。

表面にあらわれた人間行動だけで、そのように彼の内面にひそむものをはかろうとし、きめつけてしまうのが史書というものなのであろうか》

（「動乱の詩人―西郷隆盛」『霧に消えた影』）

歴史家は、西郷という大人物の全体像を把握していない、といわんばかりの口吻です。行間では、大きな人物の言動を観察するとき、よほどの器量者に見立てをさせないと歴史の真実を見誤ることがあるとほのめかしています。

歴史学には限界がある。

その限界とは、人間の内面へ及ぶ想像力の欠如にほかなりません。

発したとされる言葉、残された書状は、そのまま鵜呑みにはできない人物がいる。彼らはあえて本意とは逆のことを述べたりする。底意を汲みとらなければ、真実は見抜けない。事実のみをふまえる歴史学は、そうした〝事実〟とやらに翻弄されてしまいがちです。

西郷隆盛ほど、幕末の動乱期にあって、わかりにくい人物はいません。

彼はたしかに存在した。しかし、どういうふうに存在したかというと、これをひとことで言いあらわすのはたいへん難しい。いろいろ形容を与えてみるが、どれも丈の合わない衣服を着せられた西郷になってしまう。

正太郎は、西郷の「無私無欲」の精神をさまざまな角度から眺め、そしてこう評しました。

「武士から出た軍人でもないし、政治家でもないし、地方の一ボスにしてはあまりにも大きすぎるし、何とも彼とも定義しがたい」と述べ、「ふしぎな人物」「理想家」「新時代の姿を夢みる詩人」なる言葉を献辞しています。

　そして、「西郷隆盛は、むしろ、芸術家として大成する素質をそなえていたのではあるまいか」と、それまで誰も指摘することのなかった西郷像を提示しています（〔動乱の詩人―西郷隆盛〕『霧に消えた影』）。

　西郷は晩年、故郷の鹿児島で漢詩をつくったり私学校をやったりしながら、悠々自適の日々をたのしんでいる折、「謬って京華名利の客と作り」（誤って華やかな都会に出て、名誉やお金にまみれる旅人となってしまった）との言葉を遺し、俗塵から解放された恬淡とした心情を吐露しています。

　この一文に注目した正太郎は、史実はもちろんのこと、『南洲翁遺訓』などに見える、表舞台にいないときの西郷隆盛の片言隻句や暮らしぶりにも興味を示し、それまでにない新しい西郷像をつくりあげます。といって、身辺雑記をあつめた小ぢんまりとしたものになっていないのがいい。


《たしかに、西郷は〔真の政治家〕でありながら、世に横行する〔政治家〕ではない。

西郷は詩人の魂をもった理想家であり教育家であった。

そこに彼の本性がある。

芸術家になっても、すばらしい業績をのこしていたろう。

そしてさらに、西郷は〔軍人〕でもなかったのである》（『西郷隆盛』）

多くの読者は史実に忠実な情報を求めて歴史小説を読むのではない、ということを知る正太郎は、「公」の世界に属する物語を、「私」的な想像の翼をひろげて西郷を描いています。あたかもそれが実像に迫る唯一の方途だといわんばかりに。

正太郎の描いた西郷隆盛は、歴史家がいうところの時代遅れの封建主義者でもなければ、既得権益にしがみつく政治家でもない。近代化する日本の国柄を本質的に考えた無私の理想家であり、他人のためなら一身を顧みない義侠心の人である。

また、明治維新の陰画として歴史のかなたへみずから消え去ることを願った西郷という人間のなかに、「詩人の魂をもった理想家であり教育家」という一面も看取しています。

「征韓論」と西郷隆盛を、現代の学者は「朝鮮との戦争をひき起すことによって、もう彼の手では押えきれなくなっている下級士族の不満を外に発散させようというねらい」があり、「陸軍大将としての彼の権威のもとに、国内の軍政的改革を実現できると信じた」人物として片づけていますが、海音寺潮五郎、司馬遼太郎、池波正太郎の歴史小説を読む者たちは、歴史家がつかみきっていない、陰影に富んだ彫りの深い西郷をいやおうなく発見しています（征韓論ではなく、「わしを朝鮮へ派遣してくれ」という〝遣韓論〟だったという見方も提示されています）。

そこには、全身が「無私」と「利他」の精神でできあがっている西郷がでんと坐っている。ここに、歴史学が到達できない歴史小説の醍醐味、つまり人間の内面を探るおもしろさがあります。

後年、西郷の義妹にあたる人が『西郷さんを語る——義妹・岩山トクの回想』という本のなかで、西郷隆盛の人となりについて語っていますが、それは正太郎が彫琢（ちょうたく）した西郷隆盛そのまんまです。

江戸中期の浄瑠璃（じょうるり）の脚本作者・近松門左衛門は「芸というものは実と虚の皮膜（ひまく）のあいだにあるもの也」（虚実皮膜）と喝破しましたが、この定義こそ、歴史に材をとった小説という形式に敷衍（ふえん）してよいでしょう。歴史小説の描く真実もまた、虚実のあいだにたゆたっているのです。

偉丈夫の西郷どん

歴史学はまた、〝巨漢〟の西郷隆盛にも注目していません。というか、眼中にありません。

じつをいいますと、私は西郷を描く小説のほとんどに不満なのですが、それは西郷の精神性ばかりに傾いているからです。

たしかに西郷にはおのれを無にする懐の深さがあります。近寄ってくるものをみんな呑み込んでしまううち、ブラック・ホールのような存在といいましょうか、「無私」がどんどん大きくなって、神聖かつ虚無的な存在になってゆく。気がつけば、人びとはいつのまにか西郷の精神性について論じているのです。

容姿容貌がもつ力への言及がもっとあってもいいのではないか。その「男ぶり」の見事さについてもっと紙幅を費やしてもいいのではないか。

西郷隆盛の肖像画。キヨッソーネ作
西郷南洲顕彰館所蔵

西郷どんの身長は一七八センチ、体重は一一〇キロだったと推定されている。当時の日本人男性の平均身長はわずか一五五センチ程度。西郷はまさに巨漢でした。

歴史学は、西郷のカリスマ性がひょっとしたら力士のような巨体にあったのではと考えることもありません。堂々たる巨体が放つ呪術性が人びとを動かしたかもしれないのに……。

くわえて、男ぶりもすこぶるよかった。

上野の西郷像の除幕式に招かれた糸夫人が「ちっとも似とらん」とつぶやいたという有名な話がありますが、じっさいの西郷は「太っちょの西郷さん」ではなく、「立派な風采」（勝海舟）の「男ぶりのいい人」（糸夫人）であったようです。

ところが、です。うれしいことに、正太郎の想像力は西郷の風貌へも及んでいます。歴史小説『西郷隆盛』を開いてみましょう。

――西郷どんは「桁はずれの堂々たる美男」です。「見るからに偉人の風貌」は、「人間ばなれをした見事なもの」であり、「鳶色がかった大きな双眸」は、相対するものの眼の力を吸い取ってしまうほど澄みきっていました。

西郷が薩摩藩主・島津斉彬にお目通りしたときのことである。西郷の顔を見た斉彬は嘆賞のうめきを発して、「世に、このような人の顔があるものか……」と洩らしています。

正太郎は、「あのすばらしい顔と肉体の所有者でなかったら、彼の活躍も半減していただろう」という説の信奉者であったのです。歴史学がとらえきれていない偉丈夫・西郷隆盛の魅力がこの小説には描かれています。

第十五話 反歴史主義

揺れる時代思潮

人間の行動のありようを決定する思想体系をイデオロギーと呼んでいますが、司馬遼太郎によれば、イデオロギーとは「正義の体系」にほかなりません。見事な定義ですね。明治期の皇国史観によれば、江戸という時代は光輝ある神国のなかに間違って登場した暗黒の時代というものになってしまいますし、進歩史観というものさしで眺めれば、江戸は明治よりも劣った時代になってしまいます。

つまり、イデオロギーとは、その時代が要請する〝ご都合主義に基づく正義の体系〟にすぎないのです。じっさい昭和という時代をふりかえってみれば、政治は「正義」の大義をふりかざし、思想は「正義」の衣裳をまとっていました。社会の推進力として、勤倹尚武、皇国史観、八紘一宇、昭和維新、左翼思想、進歩主義といったイデオロギーが声高に叫ばれたのでした。

「イデオロギーの時代」はまた、「歴史主義の時代」ともいえましょう。

歴史主義とは、歴史にありもしない使命を与え、その延長線上にあるイデオロギーへの参加を呼びかけ、そこから社会と個人を「進歩」と「反動」とに分別しようとする運動です。いまも人びとは、歴史をつくるべく、右へ向かったり、左へ寄ったりしています。

そうした思潮や態度に、正太郎は堅く口を閉ざしたままでした。生来、高邁（こうまい）な哲学や空疎な思想が信じられなかったということもあるのでしょうが、正太郎の関心はもっぱら「人間の日々の暮らし」に向けられました。

観念的な妄言（もうげん）を避け、理論的な思惟（しい）による抽象論は受けつけない。具体的かつ実際的に考えて人間の本質に近づく。それが正太郎の一貫した態度でした。

信用のおけないジャーナリズム

時局に即した政治的な発言もほとんどしていません。時事問題よりも生身（なまみ）の人間、時局の情勢よりも日々の暮らしぶりのほうに興味があったようです。これは「戦中派」、戦争のさなかに青年時代をすごした文学者に見える大きな特徴です。

《私は、政治や経済のうごきについては、ジャーナリズムを信用しない。できない。

これは、終戦のときの、一夜にして白が黒となり、黒が白となった衝撃が尾を引いているからだ。

私が信用するのは、自分の眼でとらえた「一個人が表現しているもの」のみである》

（「還暦に思う人生」『作家の四季』）

戦争前夜、軍国青年たちは仲間を鼓舞したり、周囲を煽動しました。ジャーナリズムも同じでした。

絶対に正しいものなんかどこにもない――このことは、終戦を境目に急転回したジャーナリズムのいい加減さ、無節操ぶりをさんざん見せつけられてきた世代に否応なく身についた「教養」です。

「完全な軍国主義者」であったという藤沢周平は、級友をアジって一緒に予科連の試験を受けさせたことを悔やんでいると告白し、「以来私は、右であれ左であれ、ひとをアジることだけは、二度とすまいと心に決めた。近ごろまた、私などにはぴんと来る、聞きおぼえのある声がひびきはじめたようだが、年寄りが若いひとをアジるのはよくないと思う」（「美徳」の敬遠）『ふるさとへ廻る六部は』）と自戒しています。

また、それを悔やむ感慨を、藤沢周平は色濃く作品に残しています。藤沢作品の主人公が他人を巻き込まず、静かにひとりで意志を固めていくのはそのためです。

正太郎の胸中もおそらくこれと似たものだったと思われます。正太郎は、戦後、勃興してくる権力に驥尾して栄達することを欲することもなかったし、投げやりな虚無主義者にも、政治を舐めてかかる犬儒派（無為を理想とする一派）にもなりませんでした。あえていうなら、「右であれ左であれ、わが祖国」（ジョージ・オーウェル）という立場をつらぬいた憂国の人でした。

その一貫した態度は歴史に分け入るときも同じでした。

「おだやかな沈黙」と「熟慮断行」

正太郎は、丹念に史料を読み、先行作品の評価に寄り添わず、等身大の人物を精妙に描出しました。

元禄十四年（一七〇一）、大石内蔵助たち四十七人の義士は、主君の仇敵・吉良上野介を討つという挙にでます。

これまで数多くの小説家が、忠臣蔵の物語に興味をいだき、事件の経緯や顛末の微細を描きだしてきました。正太郎もまた、忠臣蔵に挑みましたが、その様子はいっぷう変わったものになっています。

《あの事件が起こってから討ち入りまでの短い年月において、この男は、それまでの四十数年の〈おだやかな沈黙〉をかなぐり捨てて、すばらしい炎の色をふきあげる。
ぼくは内蔵助の四十年の沈黙を描きたいと思いはじめている》
（『安兵衛の旅』『わたくしの旅』）

作者の興味は、事件の解明ではなく、内蔵助の内面における「おだやかな沈黙」のほうに向けられます。

それからまもなくして発表された『おれの足音』は、ほかの作家が描いた大石内蔵助と較べると画然と隔てられています。それまでに書かれた内蔵助はというと、張りつめた空気でおおわれ、悲愴感をただよわせている。あるいは、周囲をあざむく策士としての相貌に注目があつまっている。そして、物語の最後では、内蔵助の英傑ぶりが劇的に讃えられている。

ところが、正太郎の描く内蔵助は世にいう傑物の扱いをなんらうけていない。高潔の士でもなければ、計略を愛する策謀家でもない。欲など微塵もなく、討ち入りを目前に控えても、酒食をたのしみ、女の肌身が好きな平凡な男として描かれている。ためらいつつ、やむにやまれず、割りふられた役を従容として我が身に引き受ける——そういう人物として描かれている。

子どもの時分から居眠り癖があり、国家老（主君参勤の留守をあずかった家老）という要職についてからも「昼行燈（ひるあんどん）」というあだ名をもらっていた男。好物の柚子（ゆず）味噌をなめながら晩酌をし、遊女とたわむれ、妻女や子どもたちと仲良く暮らしている。

身分の上下がやかましかった時代にあって、身分の低い者に気やすく声をかけ、相手の気持ちをおもんぱかる。世情（せじよう）につうじ、心きいたやさしい気持ちを忘れない。残された時日をまえにしても、「おだやかな沈黙」につつまれたままだ。

武士としての大義をまっとうするために首府に赴（おもむ）いてからも、江戸の町の片隅で私娼と同衾（どうきん）し、討ち入り当日は、降りつもった雪の中を「冷えるのう……寒い寒い」とつぶやきながら、吉良邸に向かって歩をすすめる。武張ったところ、気負ったところがまるでない。

そして最後は、命を賭（と）する武士の本分を、いささかも力み返ることなく、いさぎよくやり遂げてみせる。功名心など、つゆほども感じさせない。

浮き世の未練は、あるにはあったろうが、侍（さむらい）としてやるべきことを淡々としてのける。国家老としての領分を自覚し、武士にふさわしい道理を守りとおそうとする。

「反歴史主義」という手法

その日、昼行燈の国家老は、熟慮断行の武士へと変貌を遂げる。平凡な人間が、万（ばん）やむをえず非凡な行動にでる。

むろんのことに、正太郎のペンは、内蔵助のなしたことを神格化したり偶像化したりしない。内蔵助は、「松の廊下」での刃傷沙汰がなければ、歴史に名を残すことなく生涯を終えたであろう人物として描かれている。

歴史上の事績のなかに、あえて裸の人間を見ようとした作者の意図は、日々の暮らしぶりにこそ人間の正味があらわれる、という確信でした。

「人間はね、高踏的じゃないんだ」が口ぐせだった正太郎は、この作品以後、人間をまずは卑近なところから眺めるのを常道とします。衣食住や人間交際を基本にした日々の暮らしぶりから一個の人間の価値と度量をはかる骨法を手に入れるのです。

取材中の池波正太郎

さきの作品（『おれの足音』）のなかで、吉良邸に討ち入って、いよいよというとき、内蔵助の脳裡に浮かぶのは、やっと亡き主君の仇を討てるという昂揚感でもなければ、これで歴史に我が名をとどめられるという名誉心でもない。そこに書き込まれているのは、おのれの生を充実させてくれた妻りくの豊満であたたかい肌身です。

作品の最後の場面を読んでみます。

《妻女の、大きく肉づいた下腹の、その臍の下のあたりから陰所のふくらみにかけて、女性にしては濃密にすぎる秘毛のしげりを、内蔵助はなつかしく脳裡にえがいていたのである。

と、急に……。

あたりが、騒然となった。

「吉良上野介殿、見つけ出しましてござる!!」

だれかの大声が、内蔵助の耳朶をうった。

うなずいた大石内蔵助の腰が、床几からゆるやかにはなれた》

(『おれの足音』)

これが幕切れです。

未完のまま途絶したのでしょうか。

耐えに耐えてきた歳月はいったい何だったのか。忍びに忍んできた数百ページにもおよぶ道行きは何だったのか。

首級を掲げて浅野家の菩提寺である芝高輪の泉岳寺まで行進する勇姿もない。切腹の場面すらない。

物語は突如、ぷつりと切れるのです。

内蔵助はどこへ行ってしまったのか。

見渡すが、どこにもいない。

気がつくと、内蔵助はわたしたちの傍らにいる。

歴史上の人物もわたしたちも何も変わらない。違うのは時代と境遇だけだ。やがて、
そうしたことに気づかされます。

こうして、『おれの足音』は、池波文学の芯棒である「反歴史主義」を掲げた記念碑的作品となったのでした。

第

話

等身大史眼

忍者が浮かびあがらせた人間観

文学は「食べる」ことにあまり関心をもたなかった。文芸ジャーナリストの重金敦之さんは次のように指摘しています。

「文学作品の中で、食べ物について触れることも、戦前までは、あまり考えられなかった。人生いかに生きるべきかという深刻なる大命題を追求するのが文学とするならば、登場人物が何を食べようと、たいしたことではないと考えたのであろう」

主人公が歴史的人物となればなおさらです。何を食べたかよりも、抱いた野望と為した事績のほうが大切にきまっています。

しかし、池波小説の主人公たちは趣をいくぶん異にする。彼らは、どんなに偉大であっても〝庶民的〟な風貌を手放さない。

作者は、英雄であることを伝えるエピソードはそっちのけで、酒食に舌つづみを打ったり、情欲におぼれたりする様子を巧みにスケッチしている。

これを「他愛もないこと」というなかれ。

正太郎によれば、食欲も性欲も「人間にとって欠くべからざる生活の原動力」であり、また「愉楽」でもあるから、「この二つを軽蔑するものは人間の屑である」（『人斬り半次郎』）――かように断じています。

こうした人間観は、早くも初期作品の『秘図』（昭和三十四年／一九五九）にあらわれています。

「喫飯、睡眠し、交りをすることが人間の暮しだ。後のものは大同小異、畢竟はこの三慾を満すための手段体裁に過ぎまい」とし、欲望をもった等身大の人間を描くことを本懐としていたことがわかります。

ともすると、わたしたちの理性は、欲望の巣窟である身体を有しているということを忘れてしまいがちです。いけませんね。

藤沢周平は、そうした池波小説の主人公たちに大いに親近感をもつと語り、だからこそ物語はリアリティをもったのだ、と的確に分析しています。

日常茶飯をさげすみ、ないがしろにする傲慢は、人間を軽んじるし、また人間を見誤ることになる。このような思念を正太郎はどこで手に入れたのか。

それまで漠然と思っていたことが、いわゆる「忍者もの」を書いているうちに確信に変わったのではないか。これが私の推論です。

武士が求めるものは「名誉」です。

武士は、名誉をもって英雄たることができた。しかるに、忍者に英雄はいない。忍者はおのれの精神を酷薄におき、自身の存在をひたすら小さくしようと努める。その字のごとく、刃（やいば）の下に心をおき、非情の掟に生きる。彼もしくは彼女は無名の戦士であり、英雄の影絵である。名誉を持たぬのが、忍者の名誉なのです。

とはいえ、忍者といえども人間です。桁外（けたはず）れな身体能力と変幻（へんげん）をわがものとしつつも、飲食をし、情を交わさずにはいられない。それは世上（せじょう）に見られる人間と変わることがない。このふたつだけが、削（そ）ぎ落とせない人間のいとなみです。

必然、情熱はいっとき、格別な勢いとなって対象へ向けられる。そうした忍者の生態を観察するうち、「生」の究極にあるもの、つまり「食欲」と「性欲」についての考察を深めたのではないか。

正太郎は、早いうちから真田もの（真田一族の物語）をつうじて、忍者という存在に興味をもっていた。初めての忍者小説『夜の戦士』の主人公は、武田信玄暗殺の密命を受けた甲賀（こうが）忍者・丸子笹之助ですが、笹之助は暗殺に失敗したうえに、はからずも信玄の侍女と恋に落ちてしまう。あげく、「おれは、つまり情にもろすぎるのだなあ」と苦笑する。

以後、正太郎は『火の国の城』や『忍びの旗』といった忍者ものを書きあげますが、そこに描かれているのは、忍者として生きるが人としても生きたい、という葛藤から生じる相克にほかなりません。

そもそも忍者たちの命がけのはたらきが奕々たる輝きを放っているのは、「人と人の熱い血の交流」（『火の国の城』）があったからこそなのです。英雄もわれわれと同じ一個の人間でしかない、という池波作品に共通する人間観は、英雄の対極にある忍者を描くことによって確立されたにちがいありません。

英雄のリアリティ

正太郎は直木賞をとるのに苦労しました。

最初の候補作『恩田木工』は、長谷川伸門下の先輩である穂積驚の『勝烏』に譲り、五度目の挑戦となった『秘図』は、九歳下の平岩弓枝の『鏨師』に先を越されました。

これは正太郎にとって、ショッキングなできごとでした。それからの日々が苦渋に満ちたものであるのは、本人がほとんど書き述べていないという事実から推察されます。他人をうらやむ気持ちは、人間が最も吐露しにくい感情ですからね。

忍従の日々を重ねて、直木賞をとったのは一九六〇年（昭和三十五）でした。『錯乱』が受賞作です。推したのは川口松太郎で、受賞することで自信がつき、一流になるかもしれないとの選評を残しています。大佛次郎は「質実な努力を重ねて来たのを買いたい」、源氏鶏太は「一種の努力賞であろう」と評した。海音寺潮五郎は「この作家には小説というものがまだよくわかっていない。候補作品となったのすら意外」との苦言を呈し、採決にも加わりませんでした。強く推した委員がいなかったことがわかります。

師の長谷川伸は、多くの作家、批評家、編集者が集まった祝賀パーティの席で、「おめでとう」と苦労をねぎらったものの、「多少のいじわるをこめて、私はいう」とことわったうえで、「きみの作品には、深さがあるが広さが足りない」と指摘した。

ときに池波正太郎、三十七歳。恩師の苦言を、正太郎は目を閉じ、くちびるをかみしめて聞いていたそうです。

「深さがあるが広さが足りない」というのは、歴史の真相を追うばかりで文学的想像力が感じられない、ということでした。長谷川伸はまた、東京タイムズに「池波君はまだまだ作家としての吸収と発揮にたりないものがある。今後はそれをどう身につけ、どう調律してゆくだろうか、それが私には特に興味があることなのである。なぜならば彼ははなはだ図々しくてはなはだ小心だからである」と寄稿しました。

ここでいう「図々しくて小心」というのは、従来の枠の中にふんぞりかえるばかりで、そこからはみ出すような文学的冒険をしていないという意味でしょう。職人芸を意識するあまり、正太郎のペンは小手先の技巧に走りがちだったのです。

直木賞をとったとはいえ、小説家としての正太郎はまだまだ未熟でした。受賞に際しての、こうした痛烈な言葉の数々は、正太郎に塗炭の苦しみを与えました。

直木賞に五回も落選し、「六度目の正直」でやっと直木賞をとった正太郎。義理でもらったような気分になったのは間違いのないところです。悔しかったでしょうね。

しかし、正太郎はめげなかった。研鑽の日々を自分に課します。史料を渉猟し、発想の転換をはかり、構想を練り直し、推敲に心血をそそぐ。後年、そのころの日々をふりかえって、「それはもう、懸命にがんばったものだよ」とだけ述懐しています。

師・長谷川伸にたいしては、「先生が、きびしいことをいわれるようになったのは、私が直木賞をとってからのことで、そういうところの指導の呼吸は実にありがたいものだった」とふりかえっています。

結果、受賞が、到達点ではなく、出発点となったことはさいわいでした。

まもなく正太郎は、手応えを感じ始めます。〔色〕（『上意討ち』所収）という短篇をご存じでしょうか。

直木賞受賞の翌三十六年（一九六一）、三十八歳のときに書いた作品です。「色」というのは色事や情人のこと。色彩のことではありません、念のため。

この小説は、新選組の副長をつとめ、鬼といわれた土方歳三を主人公にしたものですが、あるとき正太郎の母が「あの土方って人の彼女は、京都の、経師屋の未亡人だったんだってねえ」と何気なく洩らしたひとことがきっかけとなってペンをとったのでした。

経師屋というのは、経巻、書画、屏風などを表具する職人のいる店のことです。

新選組については、すでに子母澤寛による不滅の史伝『新選組始末記』『新選組遺聞』『新選組物語』という三部作があって、最初のうちは「足をふみ入れるべき余地はない」と考えていたようですが、正太郎は母親が耳にしたことのすべてを聞きだすと、土方歳三という男の生涯を先行作品とはまったく違う観点から眺め始めます。

土方歳三といえば、青白く冷たい面貌に陰謀と残酷のにおいをただよわせた剣士との印象がある。くわえて、腹の底が知れないような不気味さもある。小説や映画ではおしなべてそんなふうに描かれている。

土方歳三

新選組は、妻女や家庭が介入しない世界であることによって、その非情ぶりはいっそう際立っていましたが、なかでも土方歳三と色恋はまったく無縁のように思われていました。しかし、そんな土方のかたわらに、ひとりの色女が配されると、わたしたちの土方像もだいぶ変わってきます。

小説〔色〕には、女のまえで弱さを見せる土方歳三がいる。逢瀬のときはお互いの苦しみや哀しみは見せないようにしよう、と約束し合った歳三とお房（経師屋の未亡人）でしたが、進退きわまると、歳三は泣くような甘え声になって、「もういかん。もう何も彼も、駄目になってしまったよ」とすがりつく。「おれは、お房に惚れていたのか……だが、事ここに至って尚、女のなぐさめの一言を聞きたかったおれは、情けない奴であった」と自嘲する。

正太郎の描く土方歳三は、孤影をひきずりながら自身を恃む武士であり、自分の弱さを自覚しつつも、弱い自分をきびしく叱咤する侍である。そんな土方に、ひょっとしたら正太郎は、文学に懊悩する自分自身を重ねていたのではあるまいか。

豪傑や英雄にもかならずか弱いところがあるという、これよりのちの池波作品における主調音がこの小品からたしかに聞こえてきます。

余談ですが、同じ年に直木賞をとった司馬遼太郎もまた、新選組が秋霜のようにきびしい隊規をもったのは、近藤勇と土方歳三が「人間の性は臆病であることを知りぬいていた」からだと断じています（『新選組血風録』）。

師・長谷川伸は、〔色〕を書いてから、君は、ちょいと変ったね」と声をかけたそうですが、正太郎自身も、それまでの創作に欠けていた〝何か〟を発見したようです。

「もやもやとして、重苦しかったものの一角が、少し破れた……そうしたものにすぎなかったのだが、〔色〕を書いたことによって、私が新しい視界をのぞみ得たことだけはたしかであった」（土方歳三）『芝居と映画と人生と』）とのちに語っています。

浮かびあがる本性

じっさい、これ以後の正太郎のペン先は急にやわらかくなります。初期作品のいくつかに見える生硬さが消えて、ひじょうにしなやかになる。同時にまた、日々の暮らしぶりのなかで、ふと顔をのぞかせる〝弱さ〟や〝欠点〟や〝くせ〟を書き入れることで、陰影に富む彫りの深い人物描法をつかんだようです。

近藤勇

次は、『近藤勇白書』をのぞいてみましょう。一九六九年（昭和四十四）、正太郎、四十六歳のときの作品です。〔色〕から八年ほど経っています。

書き始めるにあたって、「近年は新選組を〔暗殺暴力〕の集団としてあつかうことが〔流行〕となってしまったようだが、私の近藤勇には、どこまでも人間の熱い血を通わせたいと思っている」との決意を語っています。

一読、ここでもまた、新選組の歴史的な事績についてのくわしい経緯はほとんど書き込まれていないことに気づかされる。

全篇をつうじて行間から浮かびあがってくるのは、武州多摩川の畔にある調布町上石原の百姓が、妻女に尻をたたかれて歴史に身を投じていく「男の一徹の哀れ」です。

近藤勇とはいかなる男か。

歴史に身を投じるまえは、熱心に剣術の稽古をするのであるが、腕のたつ剣客がやってくると、とたんに逃げ腰になり、他の道場から助勢を頼む道場主である。家には、気位の高い妻女のつねと幼い娘の瓊子がいて、日々の生活をたのしんでいる。材木面なのに、どことなく愛嬌があって憎めない男がそこにはいます。

《乳くさい瓊子を抱き、夕飯の膳に向い、つねの給仕でささやかな晩酌をたのしむとき、

(人という生きものの暮し、生きていることの意義は、こんなに簡単な事にすぎぬのだな。世の中がいかに変ろうとも、つまりはここへ到達せざるを得ぬのか……)

本能の奥底から発する幸福に、勇は酔っていた。

だから……。

あの話がもちこまれたときにも、はじめ勇自身は、それほどに乗気でもなかったのである》

（『近藤勇白書』）

「あの話」とは、公儀が諸国の浪士を募り、これをもって一隊を組織し、京の治安を維持しようという話です。

当初、近藤勇は気乗りがしなかった。ささやかな幸福を捨てて、風雲の京洛へおもむくことを、むしろわずらわしいとさえ思っていた。心の底からわきあがる本意ではなかったというのです。

近藤勇という男の鉄腸をゆさぶったものは、「将軍家のおために、旦那さまが、その剣術をもっておはたらき下さるならば、つねはうれしゅう存じます」との妻女のひとことであり、ほんものの武士になれるかもしれぬという一縷の望みでした。いうならば、妻女に尻を叩かれて、歴史の渦中に身を投じるのです。

だが、決意を固めてからの近藤勇はがらりと変わる。やることなすことがすさまじくなる。胆がどっしりと据わり、非情の男と化してゆく。とりわけ、新選組の局長という身分になってからは、統率者としての責任を一身に受けとめ、数々の粛清と暗殺を果敢にしてのける。

言動はしだいに重厚さを帯び、これまでにもまして切迫の気をはらむようになる。ぱりっとした袴に黒羽二重（はぶたえ）の紋付羽織（もんつきはおり）を身につけ、馬上ゆたかに小者と隊士をしたがえて外出する……。

しかし、ここまで書き連ねると、正太郎のペンは急に視点を変え、近藤勇のむかしを知る永倉新八や原田左之助などの隊士たちの胸中を明かせてみせる。

「なんだえ、二年前までは百姓あがりの剣術つかいで、おれたちと一緒に冷酒で沢庵（たくわん）をかじっていたくせに……どこのお大名になったつもりでいるのだ」

こうした揶揄（やゆ）の言葉によって、近藤勇が大まじめに新選組局長という身分を演じているという人物像が浮かびあがってくる。士道に徹した規律のかげに、覚悟と未練がさまざまな揺らぎを見せる。

正太郎のペンは、近藤勇の意地と気負いを執拗に書き残そうとするのですが、意地をはればはるほど、気負えば気負うほど、行間から勇の「男一徹の哀れ」がにじんでしまう。といって、侮（あなど）っているのではない。ただ、近藤勇という男の正味をじっと見て、それをありのままに書き述べようとする。

人も知るように、近藤勇は官軍に捕らえられ、板橋の刑場で首をはねられるのですが、そのときの態度に向けて、正太郎は「実に素直で、悠々たる最期（さいご）だ」との言葉を手向（たむ）けています。

等身大史眼

近藤勇――武州調布の農家の三男として生まれ、十六歳のときに剣客・近藤周助のところへ養子に入り、武骨の気風と剣術の稽古がたまらなく好きで、武士になることに憧れていた男。若年寄格という大名に準ずるような身分にまでのぼりつめ、時代思潮に翻弄されて変転を余儀なくされながらも男一徹をつらぬくが、いかんせん、気負った身体からは哀れがなびいてしまう。

妻女のあのひとことがなければ、子どもを可愛がり、酒食をたのしみ、好きな剣術をやって暮らせた人生があった。しかし、近藤勇はそうしなかった。

正太郎が歴史小説でなしたことは、定まった事績に向かって求心的に逸話を拾いあつめるのではなく、事績を足場にして遠心的に想像力を駆使していくことでした。別言すれば、客観的な史実を、筆者の主観的な人間理解で抱擁する手法をとったのです。日々の事績だけが史実ではありません。日々の暮らしぶりを等身大に描くこともまた、歴史と人間を知るうえで大事な視点です。

人間はどのようにして変貌を遂げるのか。

一個の身に、変わらずに残るものとは何か。

そうしたことに興味をいだいて、正太郎は傑物の日々の暮らしぶりに透徹の視線を投げかけた。歴史的人物を卑近の眼で眺めることによって、事績の意味と経緯を深く推し量ったのです。

史観というイデオロギーでは人間の本質に迫れないことを知る正太郎は、歴史小説に等身大描法、あえていえば「等身大史眼」なるものを持ち込んだ小説家として、後世に残ることでしょう。

物語る年譜

一九二三年（大正十二年）

一月二十五日、父・富治郎、母・鈴の長男として、大雪の日に生まれる。産声をあげたのは、東京・浅草聖天町（現在の浅草七丁目）。父方は天保年間に越中井波（富山）から江戸に出た宮大工、母方は多古藩（千葉）の江戸詰めの侍という家系。

正太郎という名は、祖父の実家の菩提寺の和尚がつけた。〔正〕の字は、上下に止まる、つまり「中庸の意をふくめて」つけられた。

九月、関東大震災。「浅草の家を焼け出され」、五歳までを埼玉の浦和で過ごす。のち、東京・下谷の上根岸へ引っ越す。

一九二九年（昭和四年） 六歳

下谷の根岸小学校に入学。

まもなく両親が離婚（七歳のとき）。浅草永住町（現在の元浅草二丁目）の母方の実家で暮らすようになる（下谷・西町小学校に転校）。

《永住町という町は職人が多いところですよね。弓師がいる、鍛冶屋がいる、大工がいる、下駄屋がいる。うちの祖父も錺屋をやっていました》

祖父に連れられて、芝居見物や絵画の展覧会へ行くようになる。

夕暮れになると、蝙蝠が飛び交っていたし、一日中、さまざまな物売りの声も聞こえる。納豆売り、浅蜊売り、蟹売り、季節によっては金魚売り、朝顔売り、苗売り……。遊び場もたくさんあった。「現代では田園の子供のみにゆるされることを、東京の下町の子供は享受できた」。


こうして正太郎少年は、「江戸町人文化」を煮しめたような環境で幼少期をおくることと相成る。「この時代の生活が、いま、時代小説を書いている私にとり、どれほど実りをもたらしているか、はかり知れぬものがあるといってよい」。

一九三三年（昭和八年）　十歳

従兄に連れられて、新国劇『大菩薩峠』を観て、たいへんな感動をおぼえる。

《舞台全体が異常な熱気をはらみ、十歳の私は、頭を絶えず金槌でなぐりつづけられているような興奮のうちに、舞台を見終った。


この一日がなかったら、後年になって、おそらく私は、芝居の世界へ足を踏み入れる

ことなかったろう》

主演は辰巳柳太郎（机龍之助役）と島田正吾（宇津木兵馬役）であった。

一九三五年（昭和十年）　十二歳

下谷・西町小学校を卒業。

このころは大佛次郎のファンであった。

《小学校を卒業するころには、自分の金で、縁日の夜店へ行き、大佛氏の出世作〈赤穂浪士〉上下二巻の、ずしりと重い本を買って来て、泥行火へもぐり込んだときの昂奮を何にたとえたらよいだろう》

卒業してすぐ茅場町の現物取引所に勤めるが、わずか四か月の奉公で自分から暇をとる。その後、鉄屑屋、看板屋づとめなどをするが、どれも長く続かず、ふたたび日本橋兜町の株式仲買店で職を得る。

株の売買などで年齢不相応なカネを手に入れ、芝居、映画を思う存分見て歩く。

《むかしの東京の下町の子供たちは、一日も早く大人になりたくて、何事につけ大人のまねをしようとしたものだ》

十四歳のときにフレッド・アステアとジンジャー・ロジャースのミュージカル映画『トップ・ハット』を観て感激。「真の洋画ファンになったのはこのときから」だという。

ちなみに「池波正太郎が選ぶベスト3」は、『孔雀(くじゃく)夫人』『商船テナシチー』『アラビアのロレンス』で、番外で『トップ・ハット』、日本映画では大河内伝次郎の『丹下左膳』である。

流行(はや)りの飲食店にもおおいに興味をもった。食べ物にたいする好奇心はこのころに芽ばえる。とくに「洋食」に凝る。

一九三九年（昭和十四年）　十六歳

このころから吉原通いがはじまる。

《わたしをさいしょに吉原へ連れていったのはははとこで、同じ株屋にいた人だけれども、正太郎にはこういう女がいいだろうって、一年も前から考えてくれてたんです（笑）。それで十六のときはじめて上がった》

一九四一年（昭和十六年）　十八歳

映画に明け暮れる。この年の十二月に観た『元禄忠臣蔵・前篇』（監督・溝口健二）が、生涯をつうじて最も「強い印象を残した映画一本」となる。「考証の完璧と共に、元禄時代に生きていた武士というものが、どのようなものであったかを、溝口健二はリアルに描き出している」。

一九四二年（昭和十七年）　十九歳

太平洋戦争がはじまると、「どうせ苦労するなら、楽なことをやめて辛さに慣れておこう」と親しんだ兜町から離れ、国民勤労訓練所に身をおく。芝浦の萱場製作所に入所し、旋盤の技術を身につけるが、この体験が後年、脚本や小説の構成をつくりあげるうえで大きな精神的な支えになった。

《こうして、私は、四尺旋盤の複雑な製品を消化し、工場内で小型旋盤ならば池波、と、いわれるほどになった。自慢をしているのではない。はじめの苦しみが長かったのがよかったのだ。このために、製品の図面への理解と機械の〈ごきげん〉をうかがうことを、私はおぼえたのである。

このときの私の生活が、現在、小説や芝居の構成をするときの基盤になっている》

また、このころから小説を書きはじめ、所内の訓練風景を描いた作品『駆足』などを書く。

一九四四年（昭和十九年）　二十一歳

横須賀海兵団に入る。横浜磯子の八〇一航空隊に転属。

上官たちの理不尽な暴力の洗礼を受ける。

《私は海軍にいたころ、無頼上官どもに反抗し、銃把で顔を殴られたとき、下の歯を大分に折られ、それがもとで、上の歯はよいのだが下の歯が、ほとんど入れ歯になってしまった》

一九四五年（昭和二十年）　二十二歳

三月十日の大空襲により、浅草の家が焼失。

日本海に面した弓ケ浜半島の美保航空基地（鳥取県米子）で敗戦を迎える。

八月二十四日に帰郷。

《悪質で愚かな軍人や、一部の政治家たちに騙され、悲惨で愚劣な戦争を、正しいものと信じ込まされていた悔しさはさておき、その片棒を担いでいたジャーナリズムが恥も外聞もなく、旧体制を罵倒し、自由主義に酔いしれているありさまは、実に奇怪だった。

終戦を境いにした、この昭和二十年夏に、私の心身へ植えつけられた不信感は、いまもってぬぐいきれない。

私事はさておき、それからの三十余年、時代が移り変るたびに、私は悪い方へ悪い方へと、物事を考えるようになってしまっている》

一九四六年（昭和二十一年）　二十三歳

東京都（下谷区役所・現在の台東区役所）の職員となる。ＤＤＴ散布等に従事する。

《当時、敗戦後の虚脱状態だった私は、半ば退屈しのぎに一篇の戯曲を書いて送ったところ、これが佳作に入り、選者の一人だった故村山知義が、これを上演してくれた。復員したばかりの宇野重吉が出演していたのをおぼえている。

これが、私の脚本の処女上演だった。

そして、そこに自分のすすむ道を、私はつかんだ。それまで無意識のうちに、私の体内に眠っていた願望が敗戦によって目ざめたのは、まことに皮肉なことだった》

戯曲『雪晴れ』が読売演劇文化賞の選外佳作となり、新協劇団で上演される。

一九四七年（昭和二十二年）　二十四歳

第二回読売演劇文化賞に『南風の吹く窓』が佳作入選。その選者のひとりに生涯をつうじて師と仰ぐことになる長谷川伸がいた。

一九四八年（昭和二十三年）　二十五歳

長谷川伸に手紙を書き、訪ね、創作指導を仰ぐ。

《先生は、どこかの会合から帰られたところだったが、コチコチになっている私を見ると、

「君。らくにし給え」

こう言われて、いきなり下帯ひとつになられた。それで、私もいくらか気がらくになり、いろいろと話しはじめたのである》

こうして長谷川伸の門下生となる。

一九五〇年（昭和二十五年）　二十七歳

下谷区役所前の代書屋につとめていた片岡豊子と結婚、駒込神明町の六畳一間の棟割長屋で所帯をもつ。

《うちの家内は再婚ですからね。ぼくは処女って知らないんだな。ま、知ろうとも思わないけどね。過去に何があったかということじゃなく、その人の実際の心根が大事なんですよ》

一九五一年（昭和二十六年）　二十八歳

戯曲『鈍牛』が新国劇で上演される。主演は、十歳のときに『大菩薩峠』で感動を与えてくれた島田正吾。以後、およそ十年間、新国劇の脚本を執筆。「座付き作者」と呼

ばれるほど、この劇団との交わりを深めていく。

一九五四年（昭和二十九年）　三十一歳

長谷川伸のすすめで小説を書き始める。

《そこで、しぶしぶ小説を書きはじめた。小説も戯曲も技法がちがうだけで根本は同じだ。やりはじめてみると、おもしろくなってきた》

短篇小説〔厨房にて〕を発表。

一九五五年（昭和三十年）　三十二歳

戯曲『名寄岩』を新国劇で初演出。

都職員（目黒税務事務所）を辞め、以後、執筆に専念する。ラジオ、テレビドラマの脚本も多数手がける。

一九五六年（昭和三十一年）　三十三歳

〔恩田木工〕で直木賞候補になるものの、受賞できず。

またこのころ、『寛政重修諸家譜』を手に入れ、火付盗賊改方長官・長谷川平蔵に興味をもつ。しかし、「江戸の世話物は四十すぎないと、浮わついてしまって、うまく書けないのではないか、そんな考えもあって、すぐには筆にはしなかった」。

一九五七年（昭和三十二年）　三十四歳

〔眼〕が上半期の、〔信濃大名記〕が下半期の直木賞候補となる。いずれも落選。「万年候補」の陰口も叩かれ始める。「直木賞ガイトウなし、これで三度目なり。いささかくたびれる」と当時の日記に記す。

《私が何度も直木賞候補にあげられ、そのたびに落ちていたころ、一度だけ、〔母が〕家人に、

「あんな奴が書いたの、どこがいいのだ」

と、吐き捨てるようにいったことがあるそうだ。

あんな奴、とは、そのとき、直木賞を受賞した作品のことである。

むろん、母は、その作家の受賞作を読んだわけではない。まことにもって、けしからぬ暴言ではある。その作家に申しわけもないことだ。

だが、しかし、その母の言葉に、私は、はじめて、母の私に対する愛情の表現を看たのである》

一九五八年（昭和三十三年）三十五歳

〔応仁の乱〕が直木賞候補となるが、またしても落選。
「直木賞落ちる、これで4回メなり、一寸くさる」と日記に書く。

一九五九年（昭和三十四年）三十六歳

〔秘図〕で直木賞候補となるが落選。五度目。七月、父・富治郎死去。
初の単行本『信濃大名記』（光書房）を刊行。

一九六〇年（昭和三十五年）三十七歳

〔錯乱〕で念願の直木賞受賞。
《もちろん、受賞してうれしかったが、これから先、長く書いて行けるだろうかという不安と、私を選んで下すった委員諸氏に対する責任が、ひしひしと重く、当座は、まったく自信がなかった》
これをきっかけに芝居の仕事から離れ、小説に専心するも、しばらくは「鳴かず飛ばず」であった。しかし、〔錯乱〕が正太郎の名を多くの読者に知らしめたのはたしかであった。

《昭和三十五年、仕事先の京都の宿で手にしたオール讀物で『錯乱』を読んだのです。体が震えました。小説で心をこんなに揺り動かされたのは初めてです。そのとき、心のうちにいつかは池波作品に欠かせぬ役者になるぞという目標が芽ばえたのかもしれません》（俳優・田村高廣による回想／『仕掛人・藤枝梅安』シリーズでは彦次郎役、『鬼平犯科帳』では〔雨乞い庄右衛門〕の老盗・庄右衛門役）

一九六一年（昭和三十六年）　三十八歳

新選組・土方歳三の恋を描いた小説〔色〕が、『維新の篝火（かがりび）』の題名で映画化される。主演は片岡千恵蔵。千恵蔵の大ファンだった母・鈴をいたく喜ばせた。

一九六三年（昭和三十八年）　四十歳

六月、恩師・長谷川伸が心臓衰弱のため死去。

《私が亡師から得たものは、非常に大きかった。それなくしては、とても、物を書いて立って行けなかったろう》

《池波君が、後年恩師（長谷川伸）の病いが篤くなったとき、ぼくをつかまえてこんなことを言うんですよ。

「いま死なれると困るんですよ。奪い足りないんですよ。もっと奪いたいんですよ！」

あの折の闘志に満ちたまなざしが忘れられませんね》（島田正吾による回想）

一九六四年（昭和三十九年）　四十一歳

〔江戸怪盗記〕（「週刊新潮」）ではじめて長谷川平蔵を小説に登場させる。

『幕末遊撃隊』（講談社）を刊行。

この年、東京オリンピック。都内は工事だらけで、あちこちにブルドーザーの爪が入る。「池波さんは、適応性にとぼしい小動物のように自分から消えてしまいたいとおもっている様子」で、「京大阪にうつりたい」と洩らしたこともあった（司馬遼太郎による回想）。

一九六五年（昭和四十年）　四十二歳

〔看板〕（「別冊小説新潮」）で、またしても長谷川平蔵が登場。鬼平への道が開けてくる。

『忍者丹波大介』（新潮社）を刊行。

一九六七年（昭和四十二年）　四十四歳

〔浅草・御厩河岸〕（「オール讀物」十二月号）を発表。『鬼平犯科帳』の事実上の第一作となる。「長谷川平蔵に興味を持ったのは昭和三十一、二年です」が、「文章の力がまだだったので、やっと四十二年になって書き始めることができたんです」。『信長と秀吉』（学習研究社）、『卜伝最後の旅』（人物往来社）、『堀部安兵衛』（徳間書店）、『スパイ武士道』（青樹社）、『さむらい劇場』（サンケイ新聞社出版局）、『忍者群像』（東都書房）、『西郷隆盛』（人物往来社）などを刊行。

一九六八年（昭和四十三年）　四十五歳

連作『鬼平犯科帳』が（啞の十蔵）でスタート。

「池波さんは主人公に、銭形平次、鞍馬天狗、眠狂四郎といった若くて恰好のいい男たちをえらばなかった。自分によく似た年恰好の男を主人公に据え、時には風邪をひかせたり、時にはうまい物を喰べさせたり、実人生の自分も重ねながら物語をすすめて行った。鬼平や秋山小兵衛のリアリティは、多分そういったところから生まれたはずである」と語るのは藤沢周平。

『にっぽん怪盗伝』（サンケイ新聞社出版局）、『仇討ち』（毎日新聞社）、『鬼火』（青樹社）、『武士の紋章』（芸文社）、『鬼平犯科帳』第一巻（文藝春秋／以後、平成二年までシリーズ全二十冊を上梓）を刊行。

一九六九年（昭和四十四年）　四十六歳

秋よりNET（現・テレビ朝日）で〈鬼平犯科帳〉が放映される。長谷川平蔵役は、中村吉右衛門の実父・松本幸四郎（のち白鸚）。正太郎の強い要望で実現する。

《若き日の「鬼平」はなにやら私の若き日に似ているし、俳優・松本幸四郎（八代目）の若き日にも似ているような気もする。テレビ放映のさい幸四郎氏に演じてもらいたいと思ったのは、そういうことがあったからである。

それにもまして、私の「鬼平」の風貌は、幸四郎氏にそっくりだったのである》

自伝的エッセイ『青春忘れもの』（毎日新聞社）、『蝶の戦記』（文藝春秋）、『剣客群像』（桃源社）、『近藤勇白書』（講談社）、『仇討ち群像』（学習研究社）、『俠客』（毎日新聞社）、『江戸の暗黒街』（学習研究社）を刊行。

一九七〇年（昭和四十五年）　四十七歳

『鬼平犯科帳』が「オール讀物」の巻末に指定席を得る（二月号から）。

《疲れて、気が滅入っているとき〈鬼平犯科帳〉は、それを癒してくれる妙薬である。しかし、当の本人はこの妙薬を創るために、身をけずり、生命を縮めたという気がしてならない。

〈鬼平犯科帳〉とはお前にとって何だったのかと訊かれたら、それは、
「僕のバイブルだった」
と答えるしかない》（常盤新平）
『戦国幻想曲』（毎日新聞社）、『夢中男』（桃源社）、『ひとのふんどし』（東京文芸社）、『編笠十兵衛』（新潮社）、『槍の大蔵』（桃源社）を刊行。

一九七一年（昭和四十六年）　四十八歳

「鬼平犯科帳―狐火―」（長谷川平蔵役は八代目・松本幸四郎）が明治座で上演。演出を手がける。

『英雄にっぽん』（文藝春秋）、『闇は知っている』（桃源社）、『火の国の城』（文藝春秋）、『敵討ち』（新潮社）、『おれの足音』（文藝春秋）を刊行。

一九七二年（昭和四十七年）　四十九歳

『鬼平犯科帳』と並ぶ、人気シリーズ『剣客商売』（「小説新潮」）、『仕掛人・藤枝梅安』（「小説現代」）がそれぞれ始まる。

このころから食や映画に関するエッセイを書くようになる。

『まぼろしの城』（講談社）、『あいびき―江戸の女たち』（講談社）、『その男』（文藝春

秋)、『池波正太郎歴史エッセイ集―新選組異聞』(新人物往来社)、『忍びの風』(文藝春秋)、『この父その子』(東京文芸社)を刊行。

一九七三年(昭和四十八年) 五十歳

映画『必殺仕掛人』(主演・田宮二郎)、映画『必殺仕掛人・梅安蟻地獄』(主演・緒形拳)が上映される。

『剣客商売』(新潮社/以後、平成元年までシリーズ全十八冊が刊行)、『殺しの四人―仕掛人・藤枝梅安』(講談社/以後、平成二年までシリーズ全七冊が刊行)、『黒幕』(東京文芸社)、『獅子』(中央公論社)、『食卓の情景』(朝日新聞社)、『池波正太郎自選傑作集』(立風書房)を刊行。

一九七四年(昭和四十九年) 五十一歳

映画『必殺仕掛人・春雪仕掛針』(主演・緒形拳)が上映される。

『闇の狩人』(新潮社)、『雲霧仁左衛門』(新潮社)、『真田太平記』(朝日新聞社/以後、昭和五十八年まで全十六冊が刊行)を刊行。

一九七五年（昭和五十年）　五十二歳

「出刃打お玉」（歌舞伎座）、「剣客商売」（帝国劇場）、「必殺仕掛人」（明治座）が上演され、それぞれ演出をつとめる。

「剣客商売」では、モデルとなった中村又五郎（二代目）が秋山小兵衛役をつとめた。贔屓（ひいき）にした役者だけに、「このときほどうれしかったことはない」との感慨を洩らす。

『江戸古地図散歩―回想の下町』（平凡社）、『戦国と幕末』（東京文芸社）、『忍びの女』（講談社）、『剣の天地』（新潮社）、『男振』（平凡社）、『映画を食べる』（立風書房）を刊行。

一九七六年（昭和五十一年）　五十三歳

『男の系譜』（文化出版局）、『男のリズム』（角川書店）、『池波正太郎作品集』（全十巻／朝日新聞社）、『池波正太郎の映画の本』（文化出版局）を刊行。

食べるのはもちろんのこと、酒もよくのんだ。しかし、酒をのんで乱れるということはなかった。

《いずれにせよ、父の酒を見ていた所為（せい）か、（ヤケになったとき、酒をのんではいけない）

ということが、少年の私の頭に、こびりついてしまったにちがいない。

苦しいとき、哀しいときの酒を、私は一滴ものまぬ。うれしいとき、たのしいときしかのまない》

一九七七年（昭和五十二年）　五十四歳

吉川英治文学賞を受賞。

フランスへジャン・ギャバンの取材旅行に出かける。フランスの風韻に魅了される。

『又五郎の春秋』（中央公論社）、『新年の二つの別れ』（朝日新聞社）、『おとこの秘図』（新潮社）、『私のスクリーン＆ステージ』（雄鶏社）、『回想のジャン・ギャバン』（平凡社）、『散歩のとき何か食べたくなって』（平凡社）を刊行。

《過去十五年間、毎日食べた物を日記につけてある》

《人間という生きものは、苦悩・悲嘆・絶望の最中にあっても、そこへ、熱い味噌汁が出て来て一口すすりこみ、

（あ、うまい）

と、感じるとき、われ知らず微笑が浮かび、生き甲斐をおぼえるようにできている。

大事なのは、人間の躰にそなわった、その感覚を存続させて行くことだと私はおもう》

一九七八年（昭和五十三年）　五十五歳

映画『雲霧仁左衛門』（主演・仲代達矢）公開。

『池波正太郎短編小説全集』（立風書房）、『フランス映画旅行』（文藝春秋）を刊行。

このころから、暇を見つけては絵筆をとるようになる。

《五十を過ぎてから研究しはじめた〔気学〕と、絵を描くことのたのしみ、よろこびは、老年に達した私に、おもいもかけぬ事態をもたらしてくれた》

「人間を謙虚にする法則の学問」である気学に夢中になり、自分はもちろんのこと、周囲の人たちの盛運や衰運について語るようになる。

一九七九年（昭和五十四年）　五十六歳

ヨーロッパ旅行。

『忍びの旗』（新潮社）、『私の歳月』（講談社）、『旅路』（文藝春秋）を刊行。

一九八〇年（昭和五十五年）　五十七歳

ヨーロッパ旅行。

『映画を見ると得をする』（ごま書房）、『旅と自画像』（立風書房）、『日曜日の万年筆』

（新潮社）、『最後のジョン・ウエイン―池波正太郎の「映画日記」』（講談社）、『夜明けの星』（毎日新聞社）を刊行。

一九八一年（昭和五十六年）　五十八歳

『よい匂いのする一夜』（平凡社）、『男の作法』（ごま書房）、『旅は青空』（新潮社）、『田園の微風』（講談社）を刊行。

一九八二年（昭和五十七年）　五十九歳

ヨーロッパ旅行。

『味と映画の歳時記』（新潮社）、『一年の風景』（朝日新聞社）を刊行。

一九八三年（昭和五十八年）　六十歳

『黒白』（新潮社）、『ラストシーンの夢追い―池波正太郎の「映画日記」』（講談社）、『ドンレミイの雨』（朝日新聞社）、『雲ながれゆく』（文藝春秋）を刊行。

一九八四年（昭和五十九年）　六十一歳

ヨーロッパ旅行。

社）を刊行。

『むかしの味』（新潮社）、『梅安料理ごよみ』（講談社）、『食卓のつぶやき』（朝日新聞社）を刊行。

一九八五年（昭和六十年）　六十二歳

咳とともに喀血。入院。

その感想は、「人間の躰は、実に丈夫で、うまくできている。同時にたとえようもなく脆い」。

『スクリーンの四季―池波正太郎の「映画日記」』（講談社）、『池波正太郎のパレット遊び』（角川書店）、『東京の情景』（朝日新聞社）、『ルノワールの家』（朝日新聞社）、『夜明けのブランデー』（文藝春秋）、『池波正太郎の銀座日記Ⅰ』（朝日新聞社）を刊行。

一九八六年（昭和六十一年）　六十三歳

春、紫綬褒章を受章。

五月、母・鈴が死去。母の病状が予断をゆるさなくなると、病院にも行かず、自宅で奮然として万年筆を動かし始める。葬儀などで忙しくなるから、一枚でも書きためておこうと思ったからである。出版にたずさわる人への気遣いを示した。

『まんぞく　まんぞく』（新潮社）、『新　私の歳月』（講談社）、『秘伝の声』（新潮社）

を刊行。

一九八七年（昭和六十二年）六十四歳

「池波正太郎展」（池袋の西武百貨店）が開催される。

『きままな絵筆』（講談社）を刊行。

一九八八年（昭和六十三年）六十五歳

五月、フランス旅行。

九月、ヨーロッパ（西ドイツ、フランス、イタリア）旅行。

菊池寛賞受賞。

体調を崩すことが多くなる。

「死ぬことは未経験のゆえ、怖いけれども、いま、死んだところで、こころ残りはまったくない」と書き記す。

『池波正太郎自選随筆集』（朝日新聞社）、『原っぱ』（新潮社）、『池波正太郎の銀座日記Ⅱ』（朝日新聞社）を刊行。

一九八九年（平成元年）　六十六歳

五月、銀座の和光で初の個展「池波正太郎の絵筆の楽しみ展」を開く。

山口瞳によれば、「あの照れ屋の池波さんが個展を開くというのが一寸妙」だった。「池波さんは出場のいい銀座に親しい人たちを呼んで、〝別れの挨拶〟をしたいんだなと思った」。

六月、『鬼平犯科帳の世界』（文藝春秋）を責任編集。

七月、中村吉右衛門版《鬼平犯科帳》の放映がフジテレビで始まる（二〇一六年まで二十八年間にわたって続く）。日記に次のように記す。

《吉右衛門の鬼平は、第一回のときの父・松本白鸚に風貌が似ていることはさておき、実に立派な鬼平で、五年間、待った甲斐があったというものだ。〈中略〉テレビが終ってすぐに、吉右衛門さんから電話がある。労をねぎらい、原作者として満足したことをつたえる》

『江戸切繪圖（きりえず）散歩』（新潮社）、『池波正太郎の春夏秋冬』（文藝春秋）、『ル・パスタン』（文藝春秋）を刊行。

一九九〇年（平成二年）六十七歳

「鬼平犯科帳―狐火」（主演・中村吉右衛門）が歌舞伎座で上演。

三月十二日、三井記念病院に検査のため入院。「急性白血病」と診断される。老人性白血病ともいうらしく、百万人に一人というめずらしい病気であった。本人には「血液の病気」とだけ伝えられた。「まさに流れ弾に当たったとしかいいようがない」（渡辺淳一）。四月下旬ころまでは「帰るから車を呼べ」といい、豊子夫人を困らせる。

五月三日午前三時、眠るように息を引き取る。享年六十七。

「私は他人様より早くから世の中に出て、働き通してきたので、十年早く疲れているのですよ。しかし、眉毛が真っ白なのは長寿の相だといいますからね。まだ頑張ります。気学によると、平成二年は衰運の年なので、せいぜい気をつけてね」と周囲には語っていた。

「こんなに早く六十七歳で逝ってしまって……。せめてあと十年元気でいてほしかったと思います。それも母と同じ五月だなんて、よくよく因縁の深い親子だったんですね」（豊子夫人）。

五月六日、東京・千日谷会堂で告別式。

法名は、華文院釈正業。

現在は、西浅草・西光寺(さいこうじ)に眠る（都営銀座線田原町駅下車）。
勲三等瑞宝章(ずいほうしょう)を受章。
『池波正太郎傑作壮年期短編集』（全二巻／講談社）の刊行が始まる。

一九九一年（平成三年）

『池波正太郎短篇コレクション』（全十六巻／立風書房）の刊行が始まる。
『剣客商売―包丁ごよみ』（新潮社）を刊行。

一九九八年（平成十年）

『完本池波正太郎大成』（全三十巻別巻一／講談社）の刊行が始まる。
上田市（長野県）に「池波正太郎真田太平記館」が開館。

二〇〇一年（平成十三年）

東京都台東区立中央図書館内に「池波正太郎記念文庫」が開館。

二〇〇七年（平成十九年）

台東区立待乳山聖天(まつちやましようでん)公園に「生誕地碑」が建立。

あとがき

私が時代小説にのめり込んだのは、二十歳をこえてまもなくのころでした。最初の一撃は、子母澤寛（しもざわかん）の『勝海舟』でした。まさに身も心も奪われるといったふうで、夢中になって読み耽（ふけ）ったことをおぼえています。人物の体温や息づかいを感じさせる話法。時代小説のおもしろさを実感したのは、熱情をもって、真率に、滔々（とうとう）と語る子母澤寛という小説家によってでした。

次が司馬遼太郎。

最初は『竜馬がゆく』と『坂の上の雲』でした。さまざまな意味で委曲（いきょく）を尽くしたこれらの作品は、私を大いに刺激し、また励ましてくれました。以後、私の「司馬時代」は五年ほど続きます。その晴朗な向日性は読書をなにより愉しいものにしてくれました。なにしろ当時の小説といったら、陰気な背日性のものが主流でしたからね。それにしても、その過不足のない闊達自在の語り口と比喩をまとった表現の絶妙を何にたとえたらいいのでしょう。漢文調なのに、うららかさ、たおやかさ、つややかさがある。「豊饒たる日本語」といえば、いまなお私にとっては司馬遼太郎の文章なのです。

そして、三十にさしかかろうとするころ、ようやく池波正太郎にたどりつきます。自伝『青春忘れもの』にすっかり魅了された私は、そのころすでに有名だった『鬼平犯科帳』をまず手にとってみました。

またも私の心はわしづかみにされました。文章は簡潔そのもの。しかし、えらばれた字句の背後で、言葉にされなかった言葉たちがうごめいている。行間に「豊かさ」がある。なんという簡勁（かんけい）でかぐわしい文章であることか。

「文は人なり」というが、池波正太郎という人体（にんてい）が文体をつくるのか。そんな思いにかられて、人となりにも興味を抱き、小説だけでなく、随筆なども読むようになったのでした。

ふりかえってみれば、池波小説は大人になってから読み始めたのがよかったと思っています。高校生のころに読んでも、おもしろさの半分もわからなかったのではないか。なぜというに、正太郎の時代小説を、私は「教養小説」、人間学の教科書として読んだからです。私は三十歳をこえて、池波大学教養学部人間学専攻の学生になった気分でした。

こうした時代小説家たちのご恩になんとか報いたい。いつしかそう思うようになりました。わけても池波正太郎へ寄せる思いはつよく、一冊の本にまとめたいと願っておりました。それがせめてもの恩返しだと考えたのです。
ですから今回、池波正太郎について語る機会に恵まれたことはたいへんうれしいこと
でした。池波正太郎記念文庫の鶴松房治さん、菅谷壽美子さん、オフィス池波の石塚晃
都さん、文藝春秋の川田未穂さん、大沼貴之さん、加藤はるかさんに心より感謝いたし
ます。みなさんと出会うことがなければ、ここに綴った文章は日の目を見ることはなか
ったでしょう。
みなさん、ありがとうございました。

里中哲彦

【主要参考文献】

『文学における原風景』奥野健男（集英社）1972年
『歴史文学論』尾崎秀樹（勁草書房）1976年
『花鳥風月のこころ』西田正好（新潮選書）1979年
『色刷り明治東京名所絵』井上安治 画／木下龍也 編（角川書店）1981年
『大衆小説の世界と反世界』池田浩士（現代書館）1983年
『谷崎潤一郎随筆集』篠田一士 編（岩波文庫）1985年
『表と裏』土居健郎（弘文堂）1985年
『思想としての東京』磯田光一（講談社文芸文庫）1990年
『都市空間のなかの文学』前田愛（ちくま学芸文庫）1992年
『司馬遼太郎の贈りもの』谷沢永一（ＰＨＰ研究所）1994年
『ふるさとへ廻る六部は』藤沢周平（新潮文庫）1995年
『捕物帳の系譜』縄田一男（新潮社）1995年
『日本の大衆文学』セシル・サカイ（平凡社）1997年
『自伝の時間』石川美子（中央公論社）1997年
『歴史小説の懐』山室恭子（朝日新聞社）2000年
『旅のエクリチュール』石川美子（白水社）2000年

『時代小説にみる親子もよう』鷲田小彌太（東京書籍）２０００年
『天下人史観を疑う』鈴木眞哉（洋泉社新書ｙ）２００２年
『鷗外の歴史小説』尾形仂（岩波現代文庫）２００２年
『藤沢周平全集　別巻』（文藝春秋）２００２年
『以下、無用のことながら』司馬遼太郎（文春文庫）２００４年
『東京時代』小木新造（講談社学術文庫）２００６年
『池波正太郎劇場』重金敦之（新潮新書）２００６年
『歴史と小説』司馬遼太郎（集英社文庫）２００６年
『荷風好日』川本三郎（岩波現代文庫）２００７年
『時代小説に学ぶ人間学』鷲田小彌太（彩流社）２００７年
『時代小説盛衰史（上／下）』大村彦次郎（ちくま文庫）２０１２年
『実録テレビ時代劇史』能村庸一（ちくま文庫）２０１４年
『幕末武士の京都グルメ日記』山村竜也（幻冬舎新書）２０１７年
『散歩本を散歩する』池内紀（交通新聞社）２０１７年
『司馬さん、みつけました。』山野博史（和泉書院）２０１８年
『水都　東京』陣内秀信（ちくま新書）２０２０年

解説　道標の人

今村翔吾

池波正太郎。その名は私の中で特別な光芒を放っている。

一九九五年七月の上旬、当時十一歳だった私は、母の買い物に付き合うことになり外出した。私は京都府出身だが、生まれた場所は相楽郡加茂町（現木津川市）という最南端の町であったため、日常以外の買い物をするならば、もっぱら県境を越えて奈良に行く。

その奈良の小西通という然程（さほど）道幅もない道に小さな古本屋がある。丁度、その向かいが母が向かう先であるデパートの入り口である。買い物に向かう前だったか、終えた後だったかは、はきとしない。が、古本屋の前を通った時、軒先に山積みとなっている小説に目を奪われた。

この小説が氏の『真田太平記』であった。書庫の整理をした時に売りに出されたのか、あるいは持ち主が死んで遺族が纏（まと）めて売り払ったのか。単行本で全巻揃っていた。私は母に、

「これ、買ってくれへん？」

と、恐る恐る尋ねた。値段も覚えていないが、全巻纏め売りだったこともあり、恐らくは一万円ほどはしたのではないだろうか。それなりの金額である。

「あんた、こんなん読まんやろ」

母の第一声はそのようなものであったと思う。それもそのはずで、これまで課題図書などは嫌々ながら読んだことはあるものの、自らの意志で本を読んだことは一度も無かったからである。だが、私は再三食い下がり、何とか買って貰うことが出来た。先述したように、うろ覚えなところも間々あるのだが、軒先で夏の日差しを受ける山積みの本、その光景だけは今もはっきりと覚えている。

私は家に帰ると、さっそく一巻を手に取った。そして、最終巻まで四十日足らずで一気に読み終えたのである。これには母も驚いていたが、何より私が驚いた。一見、難読そうな歴史大作を読み終えられたこと。そして、これほどまで小説とは面白いものかということに。

何故、池波正太郎が特別なのか。それは私にとって初めて自らの意志で読んだ小説の作者であり、小説の魅力を教えてくれた人であるからだ。

『真田太平記』を読み終えた後、私は町の小さな書店に小遣いを握りしめて走り、池波正太郎の作品を買い求めた。それから一冊、また一冊と読み進めていく。中学生になった頃には、文庫に収録されている作品に関しては全て読み終えたはず。いや、収録されていない短編なども、図書館で過去の雑誌を求めて出来るだけ読もうとした記憶がある。小説を読破すると、エッセイにも手を伸ばす。もう読む小説が無いから、渋々といった心境であったと思う。だが、これがまた面白い。

幼少期から作家になるまでの経験談。散歩の中で見つける江戸の風景の残滓のこと。様々な人々との関り。作家として、人としての処世と流儀。そして池波正太郎のエッセイの代名詞ともいうべき食。それら全てが面白い。

これは膨大な知識に裏付けられているからか。違う。勿論、それもあるだろうが、それ以上に池波正太郎の「心」に由来しているように思う。同じ景色を見て、同じ人と逢い、同じものを食しても、銘々で感じ方が違うのは当然だろうが、池波正太郎は中でも一味違った受け取り方をする心を持っているように思う。ある点を見ながら、その周囲にも想いを馳せ、さらにはその時の花鳥風月の光景、音、匂いまで混ぜ合わせて記憶に留めているように思える。あとはそれを後にのびのびとした筆致で描くのだ。視野が広いだとか、記憶力が良いとか、そのような表現は相応しくない。ただ、池波正太郎の心がそのような構造になっていたというのが最も適当に思える。

何故、このような男が世に生まれたのか。本書は池波正太郎の来歴や、その家族、影響を与えた人、その辺りにも深く迫っている。池波正太郎をつくったものは一つの理由ではなく、その全てであるということも改めて感じさせられる。

私は自他共に認める池波正太郎ファンだが、本書の中には初めて知ることも書かれていた。今になってまた、池波正太郎の新たなことを知れるというのは素直に嬉しい。

こうして池波正太郎の生涯を振り返ると、改めてその魅力を感じさせられる。私は氏の描く物語も好きだが、池波正太郎本人も大好きだと再認識するのだ。思えば、中学生でエッセイを読んだ頃から傾倒しており、自分の生き方に取り入れているといえば聞こえがいいが、真似していることも多々ある。

例えば、隠語は使わぬ。寿司屋などで隠語を使うのは職人であり客ではない。これを知ったかぶりに使うのは粋ではない。とはいえ、今の世の中では生姜のことは「ガリ」と呼んだり、お会計のことを「おあいそ」などと言ったりするのは市民権を得ているだろう。だが、私は頑ななまでに使わない。生姜は生姜、お会計はお会計、醬油を「むらさき」などと呼ぶのはもってのほかである。

他にも、心づけである。旅館などに泊まる時、正規の料金を払っているのだからと、我が物顔に振舞うなどは愚の骨頂。お願いしますという気持ちを込め、たとえ少額であろうとも先に渡す。先に渡せば、サービスが良くなるという少々の打算も吐露されているのも人間味があってよい。ただ、それで皆が気持ちよく時を過ごせるのだから良いという考えである。

私は高校の卒業旅行で、ぽち袋に千円を入れて渡した。かなり生意気な奴である。仲居さんも、「いいところの御子さんなんですね」と大層驚かれていたが、私は「池波先生の教えなので」と、返答したことを覚えている。

これだけではなく、池波正太郎には多くの流儀がある。私はこれを模倣することで少しでも近づこうという気持ちもあったかもしれない。だが、単純に感銘を受けたからでもある。

池波正太郎の流儀の中には、今の時代にそぐわぬものも少々あるかもしれないが、通用するものもあれば、むしろ思い出さねばならないものも多くある。そして、そもそも生きる上で、流儀を持っていることそのものに感銘を受けたのだ。

小説の中でも書かれている。人は善をしながら、悪をする生き物だということを。だからこそ、己にとってのぶれぬ指針、流儀が必要だと思っておられたのではないか。中学生の頃には思いもしなかったが、私も四十路を前にして、いよいよ考えさせられるようになった。

さて、最後に小説家としての池波正太郎である。本書の後半はその秘密を探っている。感覚的には理解していたことも、文章にされたことによってより鮮明になってきた。小説家池波正太郎の偉大さを、私に語らせれば、この枚数では足りない。ただ、一つだけ言えるのは、池波正太郎は生涯、人を描き続けた作家であったということ。紙と紙の隙間に、人の息遣いが聞こえるのだ。

これは池波正太郎が歴史家ではなく、徹底的に歴史、時代小説家であったということを意味する。さらにいえば、池波正太郎に関しては、「歴史」や「時代」の枕詞すらいらない。

ただ、小説家であり続けた。だからこそ過去の時代を扱っていながら、そこには人間の普遍的なテーマが描かれ、令和となった今なお、人々にも愛されているのだろう。

私も今では文筆を生業とするようになった。影響を受けた作家を一人挙げるというのならば、これもやはり池波正太郎である。作風なのか、文章なのか、それは読者から指摘されることも多い。登場人物のセリフ、句読点の打ち方などもそう。鋩（きっさき）、咳（しわぶき）、腰間（ようかん）なども氏が使われたものを、私はよく使う傾向にある。氏の造語である「嘗役（なめやく）」なども、敢えて使っているのは私の原点であるからだ。ただ同時に一人の作家となった今、

——挑みたい。

という衝動にも駆られるようになった。勝つ、負けるではない。ただ、それが出来るようになった今、そうしたいのである。だから氏の十八番「真田もの」にも挑戦した。

私と氏には不思議な共通点もある。それは三十一になる歳で小説を書き始めたことと、三十七歳で直木三十五賞を受賞したこと。狙った訳でもないし、狙ったとしても出来るはずがない。偶然である。

ただ、とある少年が池波正太郎によって小説の面白さを教えられ、やがて同じ道を志

すようになり、遂には一人の作家となったことは確かである。そして、いつかこのような稿を書く機会を頂けるようになると知れば、少年は嬉々として飛び跳ねるに違いない。池波正太郎は私が五歳の時にすでに他界されていたが、もし作家として逢えたならば、何と仰っただろう。喜んで下さっても嬉しく、叱られたとしても嬉しいだろうなと。本書を読んでいる最中だけは、作家は少年に戻り、茫と考え続けていた。

（作家）

本文デザイン　征矢武
ＤＴＰ制作　ローヤル企画

ずばり池波正太郎

定価はカバーに
表示してあります

2023年1月10日　第1刷

著　者　里中哲彦
発行者　大沼貴之
発行所　株式会社 文藝春秋

東京都千代田区紀尾井町 3-23　〒102-8008
TEL　03・3265・1211(代)
文藝春秋ホームページ　http://www.bunshun.co.jp
落丁、乱丁本は、お手数ですが小社製作部宛お送り下さい。送料小社負担でお取替致します。

印刷製本・大日本印刷
Printed in Japan
ISBN978-4-16-791990-0